U0925662

中华经典故事

中华忠孝故事

童 洋　唐崇岭　毕梦曦　编著

中華書局

图书在版编目(CIP)数据

中华忠孝故事/童洋,唐崇岭,毕梦曦编著. —北京:中华书局,2012.2(2013.1 重印)
(中华经典故事)
ISBN 978-7-101-08365-1

Ⅰ.中… Ⅱ.①童…②唐…③毕… Ⅲ.儿童故事—作品集—中国 Ⅳ.I287.5

中国版本图书馆 CIP 数据核字(2011)第 235366 号

书　　名　中华忠孝故事
编 著 者　童　洋　唐崇岭　毕梦曦
丛 书 名　中华经典故事
责任编辑　罗明钢　徐麟翔
出版发行　中华书局
　　　　　(北京市丰台区太平桥西里 38 号 100073)
　　　　　http://www.zhbc.com.cn
　　　　　E-mail:zhbc@zhbc.com.cn
印　　刷　北京天来印务有限公司
版　　次　2012 年 2 月北京第 1 版
　　　　　2013 年 1 月北京第 3 次印刷
规　　格　开本/700×1000 毫米 1/16
　　　　　印张 13½　插页 2　字数 110 千字
印　　数　20001-26000 册
国际书号　ISBN 978-7-101-08365-1
定　　价　25.00 元

中华经典故事

出版说明

中华五千年文明，留下了许多脍炙人口的经典故事。女娲造人、刻舟求剑、苏武牧羊、美人计、新亭对泣、割发代首、毛遂自荐……这些故事穿越历史、代代相传、历久弥新，它们彰显着中华民族的传统美德，浓缩了许多做人、做事的道理和智慧，同时还是弘扬中华优秀传统文化、揭示纷繁历史变迁的窗口。为帮助当代读者了解中华五千年的辉煌，感受中华文化的博大精深，丰富积淀，陶冶情操，并引领大家由此阅读古代经典，中华书局推出“中华经典故事”丛书。

从书精选中华故事中的经典篇章，在保留传统故事精髓的基础上，更加贴近当代读者的阅读需求，从而使读者更容易领悟经典故事所传达出的优秀传统文化精神内核。

故事内涵有提升。每个故事之后用简练的语言联系实际，进行解读，以唤起读者更多的思索，真正做到学以致用、古为今用。

故事后或附经典原文，让读者通览经典原貌，整体感知；或附“博闻馆”，链接与故事相关的其他故事或知识，拓宽思路，有助于更加全面地理解故事。

故事配图丰富新颖，力求趣味性和知识性并重。巧妙的配图文字，帮助大家轻松阅读，并开阔视野，从多角度扩展知识。

对于故事中的生僻字词均加注汉语拼音及注解，以帮助阅读和理解。

本套丛书由富有研究成果的专家学者协力创作，在此对所有参与编写的人员表示由衷感谢。

中华书局编辑部

2012 年 1 月

目　录

忠篇

孝篇

忠篇

比干以死劝纣王

商朝的最后一个君主商纣王，从小就很聪明，能言善辩，博闻强记。不仅如此，商纣王的武力还非同一般，能赤手空拳和猛兽搏斗。只可惜他总认为自己高人一等，把智慧都用来拒绝别人的劝谏，口才也都用来文过饰非；他饮酒作乐，贪恋女色，尤其对妃子妲己，更是言听计从。

荒淫无道的商纣王穷奢极欲，他建造酒池肉林，对国家大事不闻不问，只顾和妃子们饮酒作乐。纣王如此荒淫，百姓极为不满，各地诸侯也渐渐背离。为了压制国内的民怨，纣王发明了炮烙（páo luò）等严酷的刑罚，黎民百姓苦不堪言。

商纣王的一系列暴虐之行，使他身边的大臣十分担忧。祖伊劝告纣王，说他这样倒行逆施，上天将不会再保佑商朝。商纣王却不以为然地说："我生来就是做君王的命，老天肯定会保佑我。"祖伊回来之后，连连摇头叹气说："纣王已经不能接受劝谏了。"

商朝的许多诸侯纷纷离开纣王归顺周武王，但是纣王依然荒淫无度，不知悔改。大臣微子劝谏了好几次，商纣王都不放在心上，微子无奈之下也离开了。

比干是商纣王的太师，也是当时最有贤德的几个大臣之一。眼看着君主昏庸，人民受苦，其他大臣一个一个地放弃了劝谏，纣王一步步陷入众叛亲离的境地，比干心中十分焦急，于是他决定去向商纣王进谏。

他忧心忡忡地来到纣王的宫殿前，奢华的宫殿里传出一阵阵靡靡之音。而在此前他往纣王宫殿走的路上，国人都在愤愤地咒骂商纣王，纣王已经失去了人民的爱戴和拥护。国家风雨飘摇、危在旦夕，可是纣王还是一味荒淫无度，不管人民的死活。

他心中不禁感叹：君主残暴而臣子不去劝谏，这是臣子没有尽忠。如果害怕因为劝谏被杀，那就是没有勇气。现在国家到了这个地步，君主有过错，臣子一定要进谏，如果君主不听，那我就以死相劝，这才是真正地对国家忠诚。如果君主有过错，我不以死相劝，那些生活在君主残暴统治下的无辜百姓，又怎么办呢？既然前面那么多人劝谏都不奏效，比干下定决心用激烈的劝谏方式，哪怕是死也要唤醒商纣王的良知。

比干走进纣王的宫殿，这时的纣王依然是醉生梦死。看到比干进来拜见，他虽然放下了手中的酒杯，但是心中十分不悦。

比干走上前去，言辞恳切地劝告纣王。劝谏整整持续了三天三夜。不管纣王是什么态度，比干都不肯离开，非要劝谏到纣王改过为止。

可惜的是，比干以死进谏的忠心仍然没有打动商纣王。最后，纣王终于怒不可遏地对比干说：“我从前听说圣人的心有七窍。比干，你这么正直，你的心，有没有七窍呢？”

比干听到这句话，知道自己的死期将至，这也是他早就料到的结果。果然，纣王下令处死比干。在临死的前一刻，比干神色坦然，毫不畏惧，他说："我虽然因为劝谏君王牺牲了生命，但是我已经尽了做臣子的本分，现在也算对得起黎民苍生了。只可惜纣王不能悔改，不知道什么时候百姓才能安宁啊！"残暴的商纣王不仅杀掉了比干，还让人把比干的心脏挖出来。纣王左右的人都被比干感动了，不忍心再看下去。对于这样一位忠臣的牺牲，所有人都扼腕叹息。

后来，周武王灭掉了商朝，为了表彰比干这位忠臣，特别重新修整了比干墓，以供后人学习、瞻仰。

这个故事出自《史记·殷本纪》。

【博闻馆】

天下第一庙：比干庙

比干墓位于河南省卫辉市城北七公里，周武王在攻克殷商之后，封比干墓以表彰忠臣。比干庙则建于北魏太和十八年，庙是因循着墓的遗址建造的。比干庙成为了中国第一座墓庙合一的建筑。在保存至今的中国古代名人古庙中，有孔子庙、岳飞庙等，但是都不如比干庙历史悠久。它比孔庙的历史还要早500多年，被称为"天下第一庙"。

比干庙中石碑林立，由于比干坚贞、忠诚的形象深入人心，历代文人雅士在此留下了许多诗词来赞颂这位忠烈之臣。自唐朝以来，历代君王都对比干庙加以维护和修整，使其留存至今。

赵氏孤儿

晋景公在位的时候，晋国辅佐国政的大臣赵盾去世了，其子赵朔继承了他的爵位，继续辅佐晋景公。当时，赵国司寇屠岸贾是个奸臣，想要灭掉赵氏家族，就找了一个罪名，准备抄灭赵家。大将韩厥竭力劝阻，屠岸贾不听。于是韩厥急忙找到赵朔，让他赶快逃跑。赵朔不愿意逃跑，他对韩厥说："如果你能答应我保护赵家的后代，不让赵家绝后，那么赵朔就算是死也没有怨言了。"韩厥答应了赵朔，从此称病不出。

终于，屠岸贾没有得到晋景公的命令，就和晋国的大夫联合，在下宫攻击赵氏，把赵氏族人几乎全杀光了。

下宫之难中，赵朔的门客公孙杵臼和好友程婴侥幸活了下来。而赵朔的妻子庄姬是晋成公（景公之父）的姐姐，也侥幸逃到宫中藏了起来。这时的她，肚子里怀着赵朔的遗腹子。公孙杵臼把这个消息告诉了程婴，程婴听说后，对公孙杵臼说："等孩子生下来，我会把他抚养长大。这样，赵家就不至于绝后了，只要有后代，赵家就还有复兴的希望。"

不久，庄姬生下一个男孩儿。屠岸贾一听说，就带人到宫中追杀。情急之下，庄姬把孩子藏在裤子中，并且暗暗祈祷：如果赵氏家族真的要灭绝的话，你就哭出声来。如果赵家命不该绝后，你就不要哭。说来奇怪，等到屠岸贾和手下来的时候，这个孩子竟然真的没有出声。屠岸贾最终没有找到孩子，只好作罢。

这个险关终于过去了，程婴就和公孙杵臼商量："屠岸贾肯定不会就此放过赵家，这一次孩子没有找到，肯定以后还会再找，到时候怎么办呢？"

公孙杵臼思索了一会儿，问道："你说死和抚养孩子长大，哪个更难？"

程婴说："死容易，抚养孩子长大难啊！"

公孙杵臼于是说道："赵朔在世的时候，你们关系非常好，现在勉强你做更难做的事情，把孩子抚养长大吧。死是简单的事情，就让公孙杵臼来做。"于是两个人商定了一个计策：另外找了一个婴儿，包在带着花纹的襁褓（qiǎng bǎo）之中，藏在了山里。然后计议让程婴假装去告发公孙杵臼，把屠岸贾的手下引到这个山洞来。这样他们一定会以为山洞中的婴儿就是赵朔的遗腹子，他们杀了公孙杵臼和婴儿，就不会再起疑心了。

程婴于是跑到屠岸贾的手下那里说："我是不肖之人，不能抚养赵家的孤儿。现在谁能给我千金，我就告诉他赵家孤儿藏在什么地方。"他们听说后喜出望外，马上答应了程婴，并跟随程婴到了那个藏孤儿的山洞。只见公孙杵臼抱着那个假遗孤，假装大骂程婴："你这个小人！当初下宫之难，我们两个都没死，你和我一起谋划抚养赵氏孤儿，现在竟然出卖我！就算你不能抚养，又怎么忍心出卖孩子呢？"接着他抱着孩子哭泣道："真是天命啊！赵氏孤儿有什么罪过呢？你们只当赵氏孤儿已经死了，要杀就杀我一个人吧。"

公孙杵臼和那个假的赵氏孤儿就这样被杀死了。所有人都以为赵家已经没有了后代。但真的赵氏孤儿却活了下来，程婴历尽千辛万苦，把婴儿赵武抚养成人。

下宫之难十五年后，在大将韩厥的帮助下，赵武最终恢复了从前赵朔的家产和爵位。韩厥履行了对赵朔的承诺，而屠岸贾也遭到讨伐，被灭了族。

十五岁的赵武，已经是成人了。程婴对赵武说："当初下宫之难，我不是不敢死，而是想为赵家抚养一个后代。现在你已经长大成人，我要以死报答公孙杵臼了。"

赵武哭泣不已，跪下不停地叩首，请求程婴："赵武一直希望能侍奉您，来报答您的养育之恩，您怎么忍心丢下我去死呢?"

然而程婴没有贪生，他坚决地说："当初他们认为我能把你抚养长大，所以才让我活下来。现在我不去告诉他们一声，他们还会以为事情没有做成呢。"说完，程婴就自杀了。

赵武悲痛不已，为程婴服孝三年，并且世世代代为程婴祭祀。

这个故事出自《史记·赵世家》。

【博闻馆】

直言进谏的赵盾

赵氏家族世代都担任晋国的公卿。故事中提到的赵盾，也就是赵朔的父亲、赵武的祖父，曾经辅佐过晋景公前一任国君——晋灵公。但是晋灵公根本不像一个君主的样子：他加重赋税，横征暴敛，还喜欢坐在台子上用弹弓打人，以看别人躲避的样子为乐。有一次，宫中的厨师做熊掌没有做熟，晋灵公就把这个厨师给杀了。

赵盾和士季看到这种情况十分担忧，决定劝谏晋灵公，士季对赵盾说："我先去劝谏，如果君上不听，你再去。"士季劝说数次之后，晋灵公没有要悔过的意思。

赵盾进谏，言辞恳切，但晋灵公仍无悔改之意。赵盾没有放弃，多次劝谏，晋灵公终于不耐烦了，不仅没有听从劝告，反而派大力士钼麑（jǔ ní）去刺杀他。钼麑一大早就来到赵盾家，只见卧室的门开着，但赵盾早已穿戴好礼服准备上朝，时间还早，他正坐着打盹儿。钼麑不忍心杀害这样一个正直的大臣，但也不能违背君命，于是，他一头撞死在晋灵公门庭前的槐树上。

后来，晋灵公又在请赵盾饮酒时埋伏士兵暗杀他，赵盾侥幸逃脱，准备逃往他国。但他还没有到晋国的边界，晋灵公就被赵盾的弟弟赵穿杀了。赵盾于是回来继续辅佐朝政。

山西襄汾赵康镇东汾阳村出土的一块通古碑，碑板阳面镌刻"晋上大夫赵宣子故里"九个大字。据考古专家实地考证，此碑刻于唐代，距今已有一千余年的历史。此碑为青石质，螭（chī，为古代传说中没有角的龙）首方趺（fū，碑下的石座），通高 305 厘米。九个大字每字字径 15 厘米。由于年深日久，风雨剥蚀，碑板边缘纹理已模糊，但字迹仍清晰可辨。

蔺相如完璧归赵

赵王脸上带着为难的神色，问蔺相如道："现在我有一件左右为难的事，秦王知道赵国有宝玉和氏璧，送来书信，说想用十五座城来换和氏璧，你觉得可以换吗？"

蔺相如思索了片刻，说："秦强赵弱，如果不答应，恐怕会得罪秦国，所以得答应。"

赵王又问："可是如果秦王拿了赵国的和氏璧，却不给我们十五城，该怎么办？"

蔺相如回答："秦国用十五城来求和氏璧，赵国不答应，这是赵国理屈。赵国如果给了和氏璧但是秦国却不给我们十五城，那就是秦国不信守诺言了。两种情况相比，宁可先答应秦国，让秦国理屈。"

邮票图案上所表现的京剧人物蔺相如

赵王于是又问蔺相如："你觉得谁可以做使者，去拿和氏璧换城呢？"

虽然这个任务十分棘手，说不定还有生命危险，蔺相如却挺身而出。他请求道："臣愿意去秦国。如果秦国不给十五城，臣一定把和氏璧完整地带回赵国。"

赵王很高兴，于是派蔺相如带着和氏璧出使秦国。

蔺相如到了秦国之后，秦王并没有按照礼节设九宾礼在朝廷上接见蔺相如，而是在章台接见了他。蔺相如把和氏璧呈给秦王，秦王见到和氏璧，喜笑颜开，却只字不提十五城的事情。蔺相如冷眼观察，看出秦王根本没有把城池给赵国的打算，于是上前对秦王说："大王您还不知道，这和氏璧上有一点瑕疵，请让臣指给大王看。"

秦王听到蔺相如说有瑕疵，也没存什么戒心，就把和氏璧给了他，让他指出来。蔺相如一拿到和氏璧，就紧紧抓在手中。他背靠着柱子站着，愤怒得头发直立着，把帽子都顶起来了。

他义正辞严地向秦王说："大王您当初想用十五城换取和氏璧，许下诺言。臣以为，就算是平民百姓之间说话尚且讲究信义，何况是大国之间呢！今天大王接见臣，礼节十分简单，臣看大王并没有给赵国割地的意思，所以又把和氏璧取回来了。如果大王您一定要逼迫臣的话，臣的头和和氏璧就一起撞碎在这柱子上！"说完拿着和氏璧，眼睛看着柱子，好像马上就要撞上去一样。

秦王生怕和氏璧被撞坏了，急忙制止蔺相如，向蔺相如赔罪，他召来官员在地图上划出十五座城给赵国。蔺相如并没有轻信秦王的许诺，他料到秦王只不过是假装把城给赵国，和氏璧一到手，又会变卦，现在还是不能把和氏璧交出。

只见蔺相如不慌不忙地对秦王道："和氏璧是全天下都知道的宝物，赵国不敢不献给秦国。当时赵王送出和氏璧之际斋戒五日，以表示对秦王的尊敬。现在秦王也应该斋戒五日，这样，臣才敢把和氏璧献上。”秦王无奈，只得答应了蔺相如。

蔺相如料到秦王一定不会割地，就让随从穿上百姓的衣服，抄小路先把和氏璧送回了赵国。

秦王果然斋戒五日，用隆重的礼节再次召见蔺相如。蔺相如虽然已经没有了和氏璧，但是依然十分镇定，他对秦王说：“臣实在是害怕大王不履行诺言，如果失去了和氏璧，也就辜负了赵王。所以臣已经让人拿着和氏璧，先回到赵国了。请大王先割十五城给赵国。秦国强大，赵国弱小，只要秦国派个使者到赵国，臣立刻捧着和氏璧献给大王。如果强大的秦国先把十五城交给赵国，赵国怎么敢留着和氏璧欺骗大王呢?”

秦王听到这里脸色大变，知道已经不可能得到和氏璧了。秦王左右的人想要上前把蔺相如抓起来，被秦王阻止了：“现在就算杀了蔺相如也拿不到和氏璧，反倒把赵国和秦国的友好关系断送了。”秦王用完备的礼仪完成对蔺相如的接待，最后让蔺相如返回了赵国。后来，秦王一直没有割地给赵国，赵国也没有把和氏璧给秦国。

赵王看到蔺相如归来，非常欣慰，因为蔺相如不仅完整地拿回了和氏璧，而且保全了赵国的尊严。于是，他让蔺相如做了赵国的上大夫。

这个故事出自《史记·廉颇蔺相如列传》。

【博闻馆】

和氏璧的来历

在故事中，秦王一直想占有的和氏璧，究竟是什么样的宝物呢？

春秋时期，楚国有一个叫卞和的琢玉能手，他在荆山得到一块璞玉，认为这是无上的至宝，就拿去呈给楚厉王。厉王命玉工查看，玉工却说这只不过是一块普通的石头。厉王大怒，以欺君之罪砍下卞和的左脚。厉王去世后，武王即位，卞和再次捧着璞玉去见武王，武王又命玉工查看，玉工仍然说只是一块石头，卞和因此又失去了右脚。

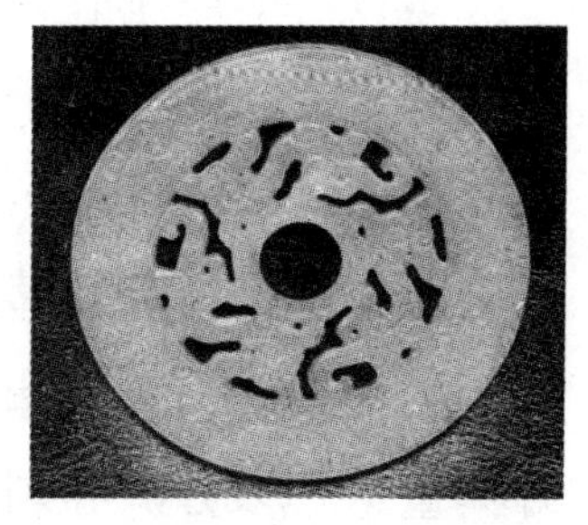

在历史上，流传着一尊汇聚天下精气、至阳至刚至纯之宝石——和氏璧。它是历史上最具传奇色彩的文物。德才兼备者一旦拥有着它，就拥有着兴旺、强盛、吉祥与尊贵，富有四海，统帅天下。

武王死后，文王即位，卞和抱着璞玉在荆山下痛哭了三天三夜，眼泪都流干了。文王得知后，派人询问，卞和说："我并不是哭自己被砍去了双脚，而是哭宝玉被当成了石头，忠诚的人被当成了欺君之徒，无罪的人却遭受刑罚。"于是，文王命人剖开这块璞玉，发现真是一块稀世之宝，于是下令将它精心雕琢并命名为和氏璧。

张良复仇

张良，是刘邦最重要的谋士。早在战国时期，张良家族先后五代都做韩国的宰相。

后来，秦灭六国。当韩国灭亡的时候，张良家里的仆人就有二三百人。可是国破家亡，张良背负着国仇家恨，一心想刺杀秦始皇，兴复韩国。那时候，他的弟弟刚刚死去，但他不想耗费财力办丧事。他还把所有家产变卖，散尽仆人，筹集重金，多方遍寻刺客刺杀秦始皇。

他到东方拜见沧海君，把自己寻访大力士刺杀秦始皇的计划告诉他。不久之后，他们就找到了一个大力士，张良特地为这大力士打造了一只重达120斤（相当于现在的50斤）的大铁锤，然后派人打探秦始皇出巡的路线。张良得知，秦始皇不久会经过一个叫博浪沙的地方，于是让大力士埋伏在那里，准备刺杀秦始皇。

不多时，秦始皇的巡游车队就出现了，车队迤逦（yí lǐ）向博浪沙走来。前面鸣锣开道，紧跟着马队清场，喝人回避，数不清的车马仪仗和大大小小的官员簇拥而来。等车队到了近前，张良又有些迷惑了，因为他看见所有的车辇都是四驾（四匹马拉一辆车称作四驾），分不清哪辆才是秦始皇所乘。而按照当时的礼仪规定，天子乘坐的车应为六驾。这时的张良也管不了那么多了，他推断车队中最豪华、仪仗最显赫的那辆车应该是秦始皇的座驾，便命令大力士向这辆车出击。大力士纵身跳到这辆车前面，抡起120斤的大铁锤向车上砸去，顷刻间车毁人亡。张良见状，趁乱躲进芦苇丛中逃离现场。

正当张良以为大仇得报，打算宴请沧海君为其庆功的时候，却忽然听说秦始皇已下令张榜大肆搜捕凶手。原来，秦始皇也不是等闲之人，他因多次遇刺，早有防备：他把天子所乘的车由六驾换成四驾，而且还不时更换座驾以迷惑刺客。被大力士击中的车为副车（皇帝的从车），并不是秦始皇乘坐的那辆车。秦始皇躲过一劫，张良不禁大声哀叹："这难道是天命吗？秦始皇如今逃过一劫，不知何日才能得报此仇？何时才是我韩国复国之时？"

从此以后，张良隐姓埋名，躲藏在下邳（pī）（今江苏睢宁北）等待时机。秦末天下大乱，各路英雄豪杰并起，纷纷竖起反秦的大旗，张良看准时机，做了刘邦的谋臣。他辅佐刘邦直到秦国灭亡，大仇得报，但他一心记挂着韩国的复国大业。后来，项羽分封各路诸侯，韩成被封为韩王，韩国复国，张良就想离开刘邦回到韩国。刘邦舍不得张良这一重要谋士离去，便说："张良，韩国只是一区区小国，那里不能施展你的大才。"张良却说："我是韩国人，韩国为秦国所灭，那时候我就发誓，一定要灭掉秦国，现在秦国灭亡了，我就应该回韩国去，继续为韩国尽忠。"

张良执意要回韩国，刘邦没办法，只得让他回去。可是没过多久，韩王成就被项羽杀掉了，韩国复国的希望又一次落空。于是，张良将仇恨转移到了项羽身上，再一次归于刘邦麾下。他为刘邦运筹帷幄，出谋划策，最后终于消灭了项羽，一统天下。大愿完成之后，张良就辞官学道去了。

其实，张良为刘邦谋划如何统一天下，消灭秦始皇和项羽，在暗中都是为了给韩国报仇，他一生都忠于韩国。

这个故事出自《史记·留侯世家》。

【博闻馆】

被“捉弄”的张良

张良隐居下邳的时候，在一座桥上游玩。忽然，有一个衣着破烂的老人走到他身边，老人故意把自己的鞋扔到桥下，然后指着张良说：“小子，快去把鞋捡上来。”张良很惊讶，也有点恼怒，但是看他是一个老人，就强忍怒火下去把鞋捡了上来。老人又说：“小子，把鞋给我穿上。”张良更愤怒了，可是他一想，既然已经把鞋捡上来了，帮他穿上也没什么。于是，他就跪着帮老人穿上鞋，老人穿上鞋后大笑而去。不久，老人又走回来对张良说：“孺子可教啊！”后来，这老人送给张良一部名叫《太公兵法》的兵书。张良认真研习，从中获取了“运筹帷幄之中，决胜千里之外”的谋略智慧。

反映“张良取履”故事的泥塑

纪信易服代帝死

汉王刘邦从城墙上向下望去，只见西楚霸王项羽的军队漫山遍野，黑压压的一大片，将自己所守卫的荥（xíng）阳城围得水泄不通。军士的喊杀声传来，一阵阵的就像打雷一样，轰轰隆隆，听得刘邦心惊胆战。

这时一个中年人走到刘邦身旁，说道："大王不好了，城里已经没有粮了。"这人正是刘邦的谋士陈平。可是城下的喊声太大了，刘邦没有听清，大声问道："什么？"陈平一脸焦急，喊道："粮食已经全都吃光了！"刘邦听了，大吃一惊，说不出话来，心里想着：粮食没有了，城也守不住了，难道我就这样失败了吗？难道我的死期要到了吗？

此时站在刘邦身旁的，是他的得力将领纪信。纪信的身材并不很高大，但他勇猛善战，十分忠心。他早年就追随刘邦，参加过数十次战斗，立下了汗马功劳。他听说城里已经没了粮食，又看到神色惊慌的刘邦，皱着眉头想了好半天，忽然对刘邦说："大王，我有一个办法，可以保你全身而退。"刘邦抬起头，疑惑地看着他，等到纪信说完他的计谋时，刘邦的眼圈竟然变红了。

刘邦和项羽是一对老冤家了，他们本来一起推翻了残暴的秦朝，可是后来为了争夺天下反目成仇。一场大战中，刘邦被打得大败，于是他逃到了荥阳坚守不出。城外的人没办法绕过敌军把粮食运到城里，粮食吃光了，城也快守不住了。城池如果被攻破，刘邦只有死路一条。纪信的计谋就是：他装扮成刘邦的样子投降，而刘邦从另一个城门趁机逃走。纪信深知如果这样做，自己必死无疑。他想到自己年迈的母亲和孤苦的妻儿，心里也有些犹豫，这么多年来，自己浴血奋战，让他们为自己担心。可主公有难，自己怎能坐视不管？多少次重伤不起，死里逃生，不都是为了主公能够一统天下，让百姓过上安稳的日子吗？为人臣者，就应该忠肝义胆，死又有什么可怕的？纪信暗暗下定了决心，脸上透出刚毅坚定的神色。

到了晚上，项羽的军队举着火把，又开始了进攻。城墙上忽然出现了一面硕大的白旗，有人大喊："不要再打了，汉王投降了！汉王投降了！"项羽听后，大喜过望，吩咐军队停止攻城。过了没一会儿，荥阳城的东门大开，只见一个人穿着王袍，乘着豪华的王车，在几个士兵的保护下出来投降，可能是羞于见人，他一直用袖子挡着脸。项羽一看那辆车，对身边的人说："这正是刘邦的车驾。"项羽的军队中爆发出一阵又一阵欢呼声，他们对着项羽高喊万岁，项羽十分得意。

这时，车上的人忽然把袖子放了下来，哈哈大笑起来。项羽一听这笑声不对，抢过一支火把照过去，发现来人竟不是刘邦。项羽大怒，问道："你是谁？刘邦到哪去了？"那人毫不畏惧，大声说道："我是汉王手下的大将纪信，汉王早就从西门脱身了，他怎么会向你投降？"项羽气得浑身发抖，派士兵拿下纪信，点起大火要烧死他。纪信在火中仰天大笑，他喊道："项羽你凶狠残暴，早晚有一天汉王会打败你的！”大火熊熊燃烧，纪信最终为了汉王、为了忠义被活活烧死。

纪信佯装投降，为刘邦逃走赢取了时间。刘邦退回自己的地盘后悲愤不已，为纪信的死深感痛心。他重整旗鼓，誓要与项羽决一死战，又经过几场大战，终于在垓下一战中大败项羽，逼得他在乌江边自刎而亡，也最终为纪信报了仇。

这个故事出自《史记·项羽本纪》。

【博闻馆】

各有所长的“汉初三杰”

纪信为了使汉王能够逃跑，最终被项羽烧死了，他对汉朝的建立可说是功不可没。有三个人对汉朝的功劳也很大，他们就是被称为“汉初三杰”的萧何、张良和韩信。

萧何始终追随刘邦，忠心不二，后来成了汉朝的丞相，制定出许多完善的政策，以至于后来的丞相都按照他的政策管理国家，不敢轻易改动；张良是刘邦身边重要的谋士，为刘邦出谋划策，贡献很大。他不仅勇敢而且忠义，刘邦对他非常信任；而韩信则是一个战无不胜的大将军，他为刘邦东征西战，立下汗马功劳。

樊哙鸿门宴救主

刘邦举起了一杯酒，对项羽说："大王你英明神武，四海之内无不臣服。我的才能远远不及大王，又怎么敢在关中称王呢？"

项羽听了之后，十分得意，说道："你倒有些自知之明，可这都是你的属下曹无伤向我报告的，难道还有错吗？"

刘邦赶忙说："大王你和我分别作战，一起推翻暴秦，我也没有想到会先攻入都城咸阳。如今又见到了大王，我心中很高兴，千万不能因为小人的话，伤了我们之间的和气呀！"

当初刘邦和项羽各自与秦军作战，刘邦先攻入了秦朝的都城咸阳，项羽认为自己的军队要远远强于刘邦，却被刘邦抢了先，心中很是恼怒。后来刘邦手下的一个小人又去向项羽报告，说刘邦想要称王，于是项羽便带着大军前来兴师问罪。刘邦当时的实力还很弱，不敢得罪项羽，只带了几个人到项羽军中亲自赔罪。项羽在鸿门这个地方摆下宴席，接待刘邦。

项羽听了刘邦说的话之后，心中的气消了不少。坐在项羽旁边的谋士范增知道刘邦志气很大，肯定不会臣服于项羽，他一直劝项羽找机会杀掉刘邦。宴席上，刘邦和项羽你一杯我一杯喝得正尽兴，但范增看在眼里急在心上，向项羽连连使眼色，可项羽只装作没看见。于是范增偷偷找来武将项庄，让他舞剑助兴，借机杀掉刘邦。

项庄拔出一把寒光闪闪的剑，飞快地舞动起来。舞着舞着，离刘邦越来越近，好几次差点伤到了刘邦。项羽的叔父项伯不希望刘邦被杀死，于是他也站起身来舞剑，抵挡项庄。就这样，一个要杀人，一个要护人，双方斗作一团。刘邦的谋士张良赶紧跑出去，把这事告诉给勇士樊哙。

河南省舞阳县城北大约20公里的马村乡郭庄村的樊哙墓

樊哙被封为舞阳侯，墓碑上书“汉左丞相樊哙之墓”，据说墓碑背面的墓志铭出自《后汉书》的作者班固之手。

樊哙是刘邦最信赖的将领，他一听说刘邦有危险，气得头发都立了起来。他拿着宝剑，提着一面大盾牌，向项羽的军营冲去。守卫军门的士兵看到樊哙生气的样子，心中虽然害怕，却依然硬着头皮阻拦。樊哙又高又壮，他拿起盾牌向前用力一撞，好几个士兵一下子就被撞倒在地。

樊哙闯进军营，掀开大帐走了进去。项庄和项伯正斗作一团，看见忽然闯进来一个凶狠的大汉，都不由自主地停了下来。樊哙笔直地站着，恶狠狠地瞪着项羽，瞪得眼眶都差点要裂开了。项羽看樊哙一手持剑，一手拿盾，心中也有些不安，他问道：“来者何人？”张良在一旁说：“这是为我们主公驾车的勇士樊哙。”

项羽说：“赏给他一杯酒。”樊哙接过酒杯，一口气喝干了。项羽又命人给他拿来一条猪腿，樊哙坐在地上，把猪腿放在盾牌上，用剑一大块一大块地割下，吞入口中。项羽又问：“壮士还能再喝一杯吗？”樊哙听了，站起身来，粗着嗓子说：“我死都不怕，喝酒有什么不能的？”停了停，又说道：“秦朝施行暴政，天下的人都反对秦朝。我家主上攻下了咸阳，不敢称王，等待着大王您的到来。他是有功之臣，而大王你却听信小人，要置我家主公于死地，这难道不是在重蹈暴秦的覆辙，让天下人寒心吗？”项羽没办法反驳，只好说：“你先坐下来吧。”

刘邦害怕项羽还要杀他，于是借着出去上厕所的机会，叫上樊哙偷偷地跑掉了。樊哙手持宝剑，一路上保护刘邦，最终安全地将刘邦送回了大本营。凭着勇敢与忠心，樊哙帮助刘邦逃脱了危局，为汉朝的建立立下了汗马功劳。

这个故事出自《史记·项羽本纪》。

【博闻馆】

西楚霸王项羽

项羽是秦朝末年著名的大将，小的时候，他跟着叔父项梁流亡。项梁教他读书，他一点也不用心，项梁又教他学习武艺，可没过多久，项羽就不愿意学了。项梁很生气，项羽却说：“读书只要能识字就够了，而武艺再好也只能打过几个人，我要学的是能够敌得过万人的兵法。”项羽年少时有一次看到秦始皇浩浩荡荡的车驾，他满不在乎地说：“我终有一天可以取代他。”

位于安徽省和县乌江镇的霸王祠

后来项羽率领八千士兵起义，开始反抗秦朝，曾经在巨鹿这个地方大败秦军主力，名震天下。不久，项羽自封为西楚霸王，成为天下诸侯的领袖。项羽勇猛善战，他率领的军队战无不胜，最终推翻了秦朝的统治。可是由于他犹豫不决，在鸿门宴上放走了刘邦，最终使他走向了失败。在他之后与刘邦的战斗中，他总能取得胜利，可是最终垓下一战，项羽四面楚歌，全军覆没。一代英雄项羽最后在乌江边自刎而死，后人称赞曰“羽之神勇，天下无二”。

苏武北海牧羊

北风呼呼地刮着，天上飘起了鹅毛大雪，雪花随风转了几个圈，飘入了一个幽深的地窖中。一个中年人卧在地窖的角落中，一动也不动。天气十分寒冷，呼一口气似乎都能结成冰，可裹在这个人身上的棉袄和毛毡却已经残破不堪。不知过了多长时间，这人坐起身来，只见他用力地从棉袄和毛毡上扯下几团棉毛，又用手捧起一团雪，等到雪化时，就一把将棉和毛塞进口中，就着雪水大口嚼起来——他就是大汉的使节苏武。

苏武起初奉汉朝天子的命令出使匈奴，来答谢匈奴单于求和的善意。他本打算得到单于的回信就动身回国，没想到在这期间，却发生了一件意想不到的事情：在苏武到来之前，汉朝有个使臣卫律投降了匈奴，并且深受重用，但卫律有个手下对他不满，就找来苏武的副手张胜，想要刺杀卫律。结果事情败露，因贪生怕死而投降的张胜牵连了苏武。苏武宁死不降，被关进了地窖。单于不给他水和食物，想要逼他屈服，投降匈奴。

可谁知一连几天过去了，苏武就这么吃皮毛喝雪水，并没有饿死。单于十分恼火，又把他远远地放逐到北海放羊，并且对他说："等到公羊生了小羊，你就可以回你的国家了。"可是公羊如何能生下小羊呢？苏武什么话也没有说，手中握着那根代表着汉朝的旌（jīng）节，来到了一望无际的北海。他心想：今生可能再也无法回归故土了，还好有这根旌节陪伴我，无论走到哪儿故国都在我的心中。

北海实际上是一片望不到边际的大湖，苏武就在湖边搭了个帐篷，开始了他的牧羊生活。北海这地方荒无人烟，但苏武一点也不觉得孤单，因为他手中持着大汉的旌节。白天，苏武拿起旌节赶羊吃草，到了晚上，他就把旌节抱在怀中，缩在帐篷中睡觉。春去秋来，不知过了多少岁月，苏武早已经习惯了这孤独单调的牧羊生活，却从没放下过旌节，旌节上面的穗子几乎都掉尽了。

任伯年《苏武牧羊》图，作于1883年，画高148.5厘米，宽83.3厘米。

任颐，字伯年，浙江山阴人。任伯年是一位擅长人物、花鸟、山水，尤其精于传神写照的全能画家。在人物画方面，他的作品题材广泛，反映民间生活，表现历史故事和神话人物。任伯年的画作设色浓艳绚丽、华美滋润，线条工夫极深，运用自如，工细并能粗放，富有跃动美和节奏感。

最初的几年中，单于不断派人探视苏武，劝他归降，其中就有大名鼎鼎的汉朝降将李陵。李陵给苏武带去了他家中的消息，他对苏武说："你的母亲已经去世，妻子改嫁了，你的子女现在也下落不明，不知生死。想当初我投降匈奴的时候，心中也悲痛悔恨，可如今汉朝天子年事已高，经常无故杀人，你又何苦坚守呢?”苏武仍旧无动于衷，他说：“我深受皇恩，心念故土，如果你还劝我投降，那我只好死在你的面前了。”李陵不敢再劝，感叹道：“你真是个忠义之士啊!”

慢慢地，匈奴单于灰心了，再也不派人去劝降苏武，任他自生自灭。就这样，不知道又过了多少年，李陵忽然给苏武带来了好消息：他可以回归汉朝了。原来苏武还有手下留在匈奴，他偷偷面见了出使匈奴的汉朝使节，将苏武的遭遇告知使节，并转告给汉朝皇帝。汉朝使节奉皇帝的命令再次出使匈奴，要求匈奴放回苏武，并且说：“我们皇上在打猎的时候射到了一只大雁，大雁腿上绑着一条绸带，上面说苏武还活着。”匈奴单于听后大吃一惊，他以为苏武的忠义连飞鸟都感动了，赶忙把苏武放了回去。

苏武出使匈奴的时候，还是一个身强体壮的中年人，等到他回国的时候，头发和胡须都已经花白了。当苏武持着光秃秃的旌节回到长安，人们都赶来迎接他，为他欢呼。他坚贞不屈的气节也流传千古，感动了一代又一代中国人。

这个故事出自《汉书·李广苏建列传》。

【博闻馆】

李陵降匈奴

在苏武北海牧羊的十九年生活中，李陵曾作为说客去劝降，二人喝酒赠诗，保持着深厚的友情。事实上，李陵投降匈奴也是迫不得已，他的内心十分矛盾。

李陵本是汉代名将“飞将军”李广的孙子，李家三代为将，一门忠良。李陵父亲很早就去世了，他凭借着自己的本领被汉武帝任命为将，抵御匈奴。他勇敢善战，精于骑射，又爱护士兵，在军队中有很高的威望。后来汉武帝派大军征讨匈奴，李陵请命率领五千人出击。他带着这五千人一路进攻，深入到敌人的腹地，结果遭遇了匈奴的三万大军。双方的力量相差悬殊，但李陵一点也不畏惧，他冷静地指挥士兵，一次又一次击败了匈奴的进攻，等待着汉军的支援。可是坚持了很长时间，手下的士兵死伤众多。敌众我寡，不断有人投降匈奴，却仍然没有等到救援。在最后的决战中，李陵几乎全军覆没，自觉无颜再回汉朝，便投降了匈奴。消息传回，汉武帝为之震怒，抄斩了李陵全家。司马迁冒死为李陵辩解，却惨遭宫刑，李陵也成为历史上一位充满争议的悲情将军。

金日磾笃慎

汉代的金日（mì）磾（dī），本是匈奴休屠王的太子。汉武帝北击匈奴，休屠王大败被杀，金日磾被俘虏，沦为官奴。那时的金日磾才 14 岁，担任汉武帝养马的官职。

有一天，汉武帝在宫中宴游玩乐，想把宫廷养的马拉出来看看，以此助兴。突然，一个身形魁梧、相貌不凡、目不斜视青年的出现，让他很惊讶。看见这青年养的马膘肥体壮，汉武帝便询问这青年的来历，得知他正是匈奴休屠王的太子——金日磾。汉武帝非常高兴，就让他做马监一职。

后来，金日磾逐渐得到汉武帝的重用，成了武帝的近臣，经常陪侍左右。很多皇亲国戚对此不满，他们向皇帝进谏说："金日磾是匈奴休屠王的太子，我们是他的杀父仇人，说不定他将来要为父亲报仇。况且他还是外族人，身份卑微，受到皇上您这样的重用，其他大臣们该怎么想呢？"汉武帝不但不听劝谏，反而更加重用金日磾了，因为他明白金日磾是一个谨慎忠信之人。

汉武帝征和二年，一个名叫马何罗的人阴谋造反，想刺杀汉武帝。这一阴谋被金日磾察觉，他便暗中监视马何罗。没想到，马何罗也知道自己的阴谋被金日磾识破，但没有合适的机会，他也不敢仓促实施自己的刺杀计划。一天，金日磾陪侍汉武帝出行到林光宫，金日磾有点小病，想休息一会。就在这时，马何罗趁机窜进林光宫，向汉武帝行刺，早有警觉的金日磾冲上前去，抱住马何罗大声喊道：“马何罗造反了！”此时汉武帝才惊觉过来，侍卫们一拥而上，要擒住马何罗，可是看见金日磾抱着马何罗，又怕伤了金日磾。慌乱之中，金日磾趁马何罗不注意，用力将马何罗摔在殿阶之下，众侍卫这才将马何罗擒住。

从此以后，汉武帝更加重用金日磾，对他也愈加敬重。汉武帝多次赏赐他，很多时候金日磾都是拒而不受，怕招来其他大臣和皇亲国戚的非议和嫉妒。

一次，汉武帝想把金日磾的女儿召入宫中，可是金日磾死活不肯，他对汉武帝说：“臣下已经得到皇上极大的宠幸，小女没有任何功德，却受到您这么高的礼遇，这恐怕不妥当。何况等我死了之后，那些嫉妒我的人就会加害小女。到那时，您的恩德就付诸东流了，请皇上三思。”汉武帝最终接受了金日磾的建议。

汉武帝晚年嘱咐大臣霍光好好辅佐太子，霍光非常信任金日磾并向汉武帝举荐说：“金日磾是一个笃慎忠信之人，一定能辅佐好太子。”武帝要把辅佐太子的重任交给金日磾，但金日磾说：“我是一个外族人，如果让我辅佐太子，那样匈奴人就会看不起汉人，他们会以为大汉朝竟没有一人能辅佐太子，我甘愿做

金秺侯像

副手。”最后，他做了霍光的副手。

汉武帝死后，遗诏封金日磾为秺（dù）侯，金日磾坚辞不受，一年后，他一病不起，卧床中才接受了这个封号。金日磾死后，皇帝赐他谥号敬侯。

这个故事出自《汉书·金日磾传》。

【博闻馆】

古人的“谥号”

谥号，是在我国古代统治者或者有地位的人死后，后人给起的另外的称号，它根据死者生前的德行和功业来选取，或褒或贬，或抑或扬。简单地说，它就是用一两个字对一个人的一生作一个概括性的评价，像是盖棺论定。金日磾的谥号“敬侯”，就表彰了他生前为人笃慎、谦恭、忠敬。

丙吉冒死护皇孙

汉武帝雄才大略，征讨匈奴，平定外患，成就了一番伟业。可是到了晚年，他慢慢变得残暴多疑，总是因为一点小事就大动肝火。武帝发现宫中有人用巫术诅咒他，他的宠臣告诉他这一切都是太子刘据所为，并且还说太子正在准备谋反。汉武帝相信了宠臣的话，派人捉拿太子，最终逼死了他。这件事牵连了许多人，和太子关系密切的人都被关进了监狱，这其中也包括太子的孙子，也就是武帝的曾孙，当时只有几个月大。

官吏丙吉奉命管理因这件事而入狱的犯人。一天，他到监狱中巡查，忽然听到婴儿的啼哭声，丙吉走过去一看，发现了关在监狱中的皇曾孙。待在阴冷潮湿的监狱里时间长了，就连成年人都经受不住，何况是一个幼小的婴儿。丙吉心地善良，他看见婴儿哭个不停，心中不忍：太子诅咒武帝，这件事本来就证据不足，太子很有可能是被冤枉的，更何况如今太子已死，他这幼小的孙子又有什么罪过呢？丙吉决心无论如何也要救下这个孩子，为冤死的太子保留一点血脉。

因为孩子太小，只能喝奶，丙吉就从监狱中找了两个忠厚谨慎的女犯人，让她们照顾喂养皇曾孙。他又在监狱中找了一处安静又干净通风的地方，把皇曾孙安置下来。他每天都亲自去探视，并带去婴儿需要的一些东西。可由于年纪太小，皇曾孙总是生病，这可急坏了丙吉，费尽心思找来大夫给他看病。在丙吉和两位乳母的精心照料下，皇曾孙得以一天天平安地长大。

由于证据不足，案子一连好几年都不能完结，而武帝却得了重病，身体渐渐地衰弱下去。武帝身边有一些方士，他们告诉武帝说，在长安的监狱中出现了天子的征象。武帝害怕又有人谋反，就派使者到长安的各处监狱发布命令，告诉管理监狱的人，无论犯了什么罪的犯人都要杀掉，以绝后患。许多监狱的管理者都照办了，唯独丙吉抗命不从。丙吉关上了监狱的大门，用身体挡住使者的去路，不让他们进去，并义正词严地说："我的监狱里有皇曾孙。普通人如果是无辜的，尚且不能轻易杀死，更何况是皇上的曾孙呢？"使者无奈之下，只好拿出汉武帝的诏书，可是任凭使者怎样劝说，丙吉也不答应打开狱门。就这样，从深夜相持到天亮，丙吉毫不退让。

使者无功而返，气急败坏地把这件事禀告给武帝。武帝被丙吉忠义的行为打动了，他仔细想了想，终于认识到自己的过错，感叹道："这是天意啊！"他不仅没有责罚丙吉，还大赦天下。就这样，皇曾孙以及整个监狱的人都因为丙吉而保全性命，受丙吉恩情惠泽的人遍布天下。

皇曾孙出狱之后慢慢长大成人，取名刘病已。他聪明好学，品行端正。汉武帝去世后，继位的汉昭帝没过几年也去世了，汉昭帝没有儿子，丙吉就向当时执政的大臣霍光举荐了刘病已。刘病已幼时流落民间，了解百姓疾苦，而且也很有才干，于是继承皇位成为了汉宣帝。丙吉早年冒着生命危险，在狱中保全了宣帝，立下了大功，可是他为人谦逊，从来不向宣帝提起。直到过了好些年，宣帝才从别人的口中得知丙吉对自己的恩情，他感动不已，对丙吉的正直忠义大加褒扬，并重重地封赏了他，丙吉的后代也因此显赫起来。

这个故事在《汉书·魏相丙吉传》中有记载。

【博闻馆】

丙吉问牛

丙吉保护宣帝立下大功，后来被封为丞相。他不仅为人正直，而且才能出众，很会治理国家。

据说有一次丙吉外出，他在车中看到路旁有一群人在打架，双方打得不可开交，最后伤亡的人都横七竖八地躺在了地上。丙吉只是摇了摇头，什么话也没说，命车夫继续前行。又走了一段路，丙吉看到有人赶着牛前行，那头牛气喘吁吁，热得直吐舌头。丙吉见状，立即走下车去，关切地问那人："你赶着这头牛走了多远了？"丙吉的随从觉得不可思议，就问丙吉道："为什么死伤那么多人你不关心，却关心一头牛呢？"丙吉严肃地说："打架这种事情有专门的官员管理，我作为丞相，不应该关注这些事情。如今的时令本来应该很凉爽，可是那头牛却喘得那么厉害，说明气候炎热，不符合时令，这可能会危及全国的庄稼收成和百姓生活，需要早做准备，我作为丞相当然要关心了。"随行的人听了之后都心悦诚服，赞叹丙吉的贤明。

冯婕妤舍身挡熊

冯婕妤（jié yú，古代女官名，是帝王妃嫔的称号）容貌美丽，品行端庄，即使在三千佳丽中也显得很出众，是汉元帝最宠爱的妃子之一。冯婕妤的父亲是一位名将，曾经率领大军远征匈奴，平定西域，立下了大功，声名远震。所谓将门虎女，冯婕妤身为名将的女儿，胆识不凡，不过她外表柔弱，汉元帝最初也以为她只是温柔贤惠而已。

每到冬天，皇帝都要去猎场打猎。此时汉元帝大病初愈，觉得身体强健，浑身有使不完的力气，他心中高兴，于是带着后宫的妃子们以及文武百官一起到猎场去。汉元帝高高地坐在看台上，一旁坐着冯婕妤，另一旁坐着他另外一个宠妃傅昭仪，其余的妃子们则分列在周围。文官们都陪在元帝的身旁，武将们则都想在皇帝面前露脸，他们骑上骏马，手拿弓箭在猎场中猎杀猛兽。过了一些时候，侍从把武将们猎到的飞禽走兽展示给元帝看，元帝心情愉悦，重重赏赐了他们。

看久了，元帝觉得有些无聊，他起身想要到虎圈旁看猛兽搏斗，冯婕妤站起身来，劝他道：“陛下还是在这儿观看吧，到虎圈旁边，距离猛兽太近，恐怕会有危险啊。”元帝有些扫兴，不高兴地说：“猛兽关在圈里，怎么可能会伤害到朕呢？你是不是多虑了？”傅昭仪也迎合元帝道：“是啊是啊，陛下怎么可能会遇到危险呢？”

冯婕妤见元帝不听劝阻，只好跟着他来到虎圈旁。圈中有许多猛兽，一眼望去，有凶猛的老虎、健壮的恶狼，还有高大过人的黑熊，猛兽们一声声吼叫着，有的还互相攻击撕咬。元帝看得高兴，但发现妃子们大都露出害怕的神色，唯独冯婕妤面不改色，他不由得有些惊讶。就在这时，意想不到的事发生了：忽然一双巨大的熊掌搭在虎圈的沿上，一只黑熊竟然从虎圈中爬了出来，向汉元帝的御座奔来。

《婕妤挡熊图》，清代金廷标画，现藏于北京故宫博物院。金廷标，画家金鸿之子，乾隆中供奉内廷，善画山水、人物、佛像，尤工白描，画风工细。此画取材于汉刘向《列女传》，表现冯婕妤挡熊的历史故事。

元帝大吃一惊，向后退去，而周围的妃子和侍从们早已经吓得大叫起来。妃子们有的已经吓得走不动路，瘫倒在地，有的四散逃开，在人群中被绊倒……傅昭仪也提起裙子，向后远远地跑开了。此时卫士们还在远处，一时赶不过来，黑熊一步一步地向元帝逼近。就在这时，一个娇弱的身体挡在了元帝身前，她正是冯婕妤。

在别人都慌乱逃开的时候，冯婕妤却冷静地挺身而出，挡在熊的前面，护住身后的元帝。

元帝已经来不及让冯婕妤躲避了，这时只听见一声惨叫，身躯庞大的黑熊竟倒在了地上。原来卫士和武将们及时赶到，就在熊掌向冯婕妤挥下的那一刻，将士们把手中的刀枪刺了出去，击中了黑熊。此时元帝惊魂未定，捂着胸口，却见冯婕妤花容依旧，丝毫没有害怕的样子。元帝很奇怪，问道："黑熊扑来的时候，别人都吓得逃跑了，为什么你反而挡在它的面前呢?"冯婕妤笑了笑，说道："如果都逃跑了，谁来保护陛下呢?我听说猛兽扑倒了一个人后就会停止攻击，我怕它伤害陛下，就用身体挡住它。"元帝听了这番话，赞叹不已，说道："没想到你居然有这样的胆量和忠心，真是非同一般啊!"群臣也纷纷点头，没有一个人不佩服冯婕妤，而傅昭仪则惭愧地在一旁低下了头。

回宫以后，汉元帝重重封赏了冯婕妤，冯婕妤挡熊救驾一事也成为千古美谈。

这个故事出自《汉书·外戚传》。

【博闻馆】

班婕妤与《怨歌行》

汉元帝有一个勇敢的妃子冯婕妤，他的儿子汉成帝有一位贤德的后妃叫班婕妤。

班婕妤容貌美丽，品行高洁。她擅长诗文，精通乐器，并常常找机会劝谏成帝，希望他做一个明君。成帝对她既敬重又喜爱，他的母亲王太后见成帝在班婕妤的规劝下越来越贤明，也十分欣喜。可是好景不长，赵飞燕和她的妹妹赵合德进入宫中，赵氏姐妹比班婕妤更美貌，更懂得迎合皇上。成帝听信赵氏姐妹的谗言，渐渐冷落了班婕妤，后来竟还要降罪于她。班婕妤十分伤心，她据理力争，成帝也觉得有些愧疚，于是答应她的请求，让她侍奉王太后去了。班婕妤失宠后很长时间都见不上成帝一面，她内心感伤，自比秋后的团扇，写下了“新裂齐纨素，皎洁如霜雪。裁为合欢扇，团团似明月。出入君怀袖，动摇微风发。常恐秋节至，凉飚夺炎热。弃捐箧笥中，恩情中道绝”的诗句，道出了无数后宫女子的心声，这就是被后人称道的《怨歌行》。

朱云力谏断栏杆

满朝的公卿大臣站在一旁，好奇地听着一个小官向皇上进谏。他曾上书要求直接觐见皇帝，现在皇帝召见他，不知道他有什么要向皇帝说的。

他虽然官位不高，但是站在朝堂之上，面对着满朝文武，毫无畏惧之色。只听他义正词严地说："现在朝中的大臣们，只知道对圣上阿谀奉承，谋求自己的私利，而不敢帮助君主匡正过失，没有尽到辅佐君王的本分。对黎民百姓而言，也没有给他们带来实际的益处，只是白白占着官位，空拿国家的俸禄罢了。"

这个人叫朱云，他身材魁梧，气度不凡。少年时的朱云就喜欢结交游侠，并且借助游侠为自己报仇。这样的生活一直持续到他四十岁。四十岁时，他开始跟随博士白子友学习《易经》，又师从前将军萧望之学习《论语》。他传承两位老师的学问，成为一个德行学问都很好的人。后来，朱云做官做到了杜陵县令。

听到刚才那番犀利的劝谏，汉成帝也感到有些惊讶。朱云接着说："臣请求皇上赐给臣一柄尚方宝剑，臣会用这柄宝剑斩杀一个佞臣，对其余的大臣也是一种警示。"

皇上问道："你要斩杀的，是哪个佞臣呢？"

朱云依旧面无惧色，说道："安昌侯张禹。"

此话一出，整个朝堂像是炸了锅一样，群臣议论纷纷，声音此起彼伏。当时在朝廷中，张禹仗着自己是皇帝的老师，横行霸道，做了很多坏事。众人看在眼里，但是都畏惧张禹的势力，不敢说出来。谁也没想到朱云这么一个小官，居然敢直言不讳，劝皇上诛杀张禹。

皇帝听到朱云想杀自己的老师，勃然大怒，呵斥朱云："你这个小官，身居下位居然敢污蔑朝廷重臣，在朝堂上侮辱朕的老师，判死罪不赦！"

御史立刻上前，要将朱云拉出朝堂。朱云却抱着大殿前的栏杆不放，因为过于用力，栏杆都折断了。朱云使尽力气大呼："臣死了，在地下还可以和龙逢、比干一起交游，这已经足够了！可是不知道汉朝将会变成什么样子！"

御史终于把朱云拉下了大殿。眼看朱云就要被处死，左将军辛庆忌再也看不下去了，虽然皇帝正在气头上，他还是决定冒死救朱云一命。他摘下官帽，解下了身上的官绶，在殿下不停叩头，说道："这个官员平常就以狂放耿直闻名。皇上，今天如果朱云说对了，自然不能诛杀他。就算朱云说得不对，也应该容忍他，千万不要断绝了进谏的言路啊。老臣现在斗胆以死相求，放了朱云吧！"

宋人《朱云折槛图》是一幅优秀的人物画作品。画中表现西汉朱云反对奸相张禹，与汉成帝在殿堂上发生冲突的情景。

辛庆忌一直不停地叩

头，由于只顾着为朱云求情，都忘了自己的安危，头上流出血来。

终于，朱云的耿直劝谏和辛庆忌的恳求感动了皇帝，他免去了朱云的死罪，这件事情也终于平息下来。后来，宫中的人想要修复被朱云折断的栏杆，汉成帝看到之后，吩咐说："不要换新栏杆了，就留着原来的这个，修修补补，用它来表彰耿直的臣子吧。"

这个故事出自《汉书·朱云传》。

【博闻馆】

昏庸的汉成帝

在历史上，汉成帝的昏庸是出了名的。

汉成帝刘骜（áo）是汉元帝做太子时所生的儿子，从小就深得祖父汉宣帝的疼爱，常常陪伴在汉宣帝的左右。汉元帝即位之后，封刘骜为太子。

建昭四年，汉元帝的五弟病逝，已经是太子的刘骜前来吊唁，但是脸上没有丝毫悲伤的神色，从这点可以看出，刘骜是一个冷漠无情的人。

即位后的汉成帝昏庸无能。从即位起，他就花费了大量人力财力建造宫殿楼阁，供自己淫乐。后来，汉成帝又十分宠爱赵飞燕、赵合德两姐妹，最后终因淫乐过度，暴毙而亡，也在历史上留下了昏君的恶名。

诸葛亮鞠躬尽瘁

诸葛亮一路快马加鞭，赶到了白帝城，一进城，就直奔永安宫。那里，刘备病重，正在等着诸葛亮托付后事。

刘备此时非常虚弱，他对诸葛亮说："先生的才能超过曹丕十倍，最后一定能安定国家，成就大事。如果我的子嗣还可以辅佐，请先生辅佐，如果子嗣不成材，那就请先生取而代之吧。"

诸葛亮涕泪俱下，对刘备说："老臣一定竭力尽忠，一直到死！"

"鞠躬尽瘁，死而后已"，这是诸葛亮在刘备死前对他的承诺，而诸葛亮在辅佐刘备父子的过程中，也确实用行动践行了这句话。

未出仕之前的诸葛亮在隆中躬耕隐居，除了几个好朋友之外，没有人知道他的才华和抱负。而刘备为了请诸葛亮出仕辅佐自己，三次到隆中拜访他。直到第三次，两人才得以见面。

诸葛亮就在隆中为刘备分析天下大势，并且为刘备争取中原提出了完整的构想。从此以后，诸葛亮便出山做了刘备的军师。刘备说："我和诸葛亮的关系，就好像鱼和水的关系一样。"诸葛亮也深感刘备的器重，竭尽全力地辅佐他。

建安十三年（208 年），诸葛亮帮助刘备成功联合孙权，以少胜多，赢得了赤壁之战的胜利。在之后的岁月当中，刘备的每一步发展，都离不开诸葛亮的谋划。

刘备去世后，诸葛亮辅佐刘禅。当时南方有几个郡同时发生了叛乱，建兴三年春天诸葛亮率军南征，到秋天的时候平定了南方的所有叛乱。蜀国渐渐富足起来，为大举北伐奠定了物质和军事上的基础。

从建兴七年（229 年）开始，诸葛亮着手准备北伐。可是由于种种原因，一直到建兴十二年，北伐先后进行了五次，却依旧没有成功。军中事务，无论巨细，他都一丝不苟，亲自过问。他夜以继日地处理军中事务，甚至连饭都顾不上吃。最后终于因为过于劳累，积劳成疾。军队行至五丈原时，为了国家鞠躬尽瘁的诸葛亮病倒在前线大营中。

病床上的诸葛亮没有为自己病重而叹惜，只是一想到自己没能完成先主遗愿，眼泪就不禁落了下来。后主刘禅在成都听说诸葛亮病重，立刻派李福到军中探望。李福见到诸葛亮的时候，诸葛亮已经心衰力竭，时日不多了。他吃力地将军国大事、死后的继承人等事务，一一向李福作了交待。又把自己死后退兵的安排嘱托给了杨仪。

国事家事都已经交代完毕，诸葛亮已经没有什么放心不下的了。李福问道："那么先生对殡葬有什么交待?"诸葛亮听到，用尽最后的力气，握住李福的手："我死后，一定要把我葬在汉中定军山。丧葬一切从简，依山造坟，墓穴只要能容纳一口棺木就可以了。入殓时，穿平时的衣服，不要放任何陪葬品……"诸葛亮一生为国家操劳，到临终的时候，对丧葬的要求竟然这样简单，所有的人都被深深感动了。交待完这件事情，诸葛亮就闭上了眼睛，左右的人不禁失声痛哭。

对于诸葛亮的去世，刘禅十分难过，悲伤哀悼之痛，如同割心裂肺。刘禅赐给诸葛亮的谥号为“忠武侯”，这个谥号也恰如其分地代表了诸葛亮一生的功业。

这个故事出自《三国志》。

【博闻馆】

武侯祠

武侯祠是为纪念诸葛亮所建的祠庙。因为诸葛亮生前被封为“武乡侯”，死后又被刘禅追谥为“忠武侯”，因此历史上尊称诸葛亮的祠庙为“武侯祠”。最早的武侯祠设在陕西省

成都武侯祠

汉中的勉县，被称为“天下第一武侯祠”。而目前影响最大的则是成都武侯祠，享有“三国圣地”的美誉。庙址位于四川省成都市武侯祠大街，是中国现存唯一的君臣合祀的祠庙。最初与祭祀刘备的昭烈庙相邻，明朝初年重建武侯祠的时候就将其并入了“汉昭烈庙”。

关云长过五关斩六将

当初，关羽投降曹操的时候，和曹操约法三章：一是降汉不降曹；二是要确保兄嫂安全；三是如有大哥刘备的消息要立即离去，曹操不能阻拦。后来，关羽听说大哥刘备在河北袁绍帐下，他就马上辞别曹操，往河北去了。曹操的部下蔡阳心下不服，想拦住关羽，可曹操却说："关羽是忠信之人，他一心忠于刘备，是拦不住的。况且，我也要遵守之前的约定，取信于天下。"于是蔡阳就不再追赶。

关羽护着两位嫂子一路北行。路上经过一个村庄，庄主胡华托关羽送一封信给自己的儿子胡班，他的儿子是荥阳太守王植的部下，关羽答应了。第二天，他们经过一个叫东岭关的地方，把关的人叫孔秀，他问关羽要去哪里，关羽回答说要去河北寻找大哥刘备。孔秀是曹操的部下，而袁绍又是曹操的死对头，关羽要去投敌，孔秀就以关羽没有通关文凭（过关的凭证）为借口，威胁关羽留下人质才能过关。关羽大怒，纵马提刀，斩孔秀于马下。这是关羽千里走单骑闯的第一关。

过关后，关羽一行人又往洛阳进发。洛阳太守韩福早就设下埋伏，准备擒杀关羽。等到关羽到来，韩福又以关羽没有通关文凭为由，要将他当作奸细和逃犯论处。关羽大喝道："东岭关的孔秀已经被我斩于马下，你们是想来送死吗?”韩福的部下孟坦抡着双刀要来杀关羽，战了不到三个回合就被关羽斩杀。这时，韩福躲在暗处向关羽放冷箭，正好射中关羽的左臂，关羽忍着疼痛向韩福奔来，韩福躲闪不及，关羽手起刀落，将韩福斩于马下。

关羽休整几日，等手臂上的伤养好之后，又急忙赶往汜（sì）水关。把关的人叫卞喜，他在关前的镇国寺中埋伏好了刀斧手，意图谋害关羽。关羽来时，他亲自出关迎接，请关羽到镇国寺中歇息。他假意迎合关羽说：“将军名震天下，受世人敬仰，现在将军又去寻找大哥，这足以看出将军的忠义之心啊!”这时关羽还不知道卞喜要谋害他。幸而镇国寺中有一位和尚是关羽的同乡，他在暗中示意关羽卞喜要谋害他，关羽会意，急忙命令部下保护好两位嫂子。关羽揭穿了卞喜的阴谋，先下手将卞喜斩杀。

清代早期木雕关羽像

随后，关羽又护送两位嫂子往荥阳进发。荥阳太守王植是韩福的亲家，韩福被关羽所杀，他当然要为韩福报仇。他也假意迎接关羽，说道："将军舟车劳顿，先歇息一宿，明天再出发不迟。"于是，王植将关羽和二位嫂子请往馆驿（古时官府的旅舍）歇息。随后，王植暗中吩咐部下胡班，等到三更时分将馆驿围住，一把火将馆驿烧了。这胡班正是庄主胡华的儿子，他久闻关羽大名，一直想拜见关羽，趁着这个机会，他就前去拜见关羽。没想到，一看到关羽，他就被关羽不凡的气度震撼，并深为敬服。关羽把信交给胡班，胡班才恍然大悟。他险些害了关羽，他把王植要放火的事告诉他，然后就让关羽急忙收拾出城。走了不过几里路，王植突然纵马追来，关羽大骂王植是匹夫小人，纵马提刀上前，将王植斩为两段。

又走了一段路程，来到黄河渡口。过了黄河，就是河北的地界了，这让关羽激动不已，因为他终于又可以见到大哥刘备了。这时，黄河渡口的守将秦琪引兵前来，他大喝道："来者何人？欲往何处？"关羽说："在下关羽，要去河北寻找兄长刘备。"秦琪说："曹丞相待你不薄，你为何要去投靠你那无用的大哥刘备？"关羽说："大哥刘备待我情如手足，我若弃他而去，那岂不成了背信弃义之人，还有何面目苟活于世！"秦琪又说："现在我把守关隘，谅你插翅也难飞过去！"关羽大怒，拍马上前战秦琪，秦琪不知关羽的厉害，也拍马来战，两马相交，战不数合，关羽将秦琪斩于马下。

关羽叫军士撑来渡船，渡过黄河，终于到了河北。关羽不远千里寻找大哥刘备，经过重重阻隔，过五关、斩六将，这种忠义之举，天下无双。

这个故事出自《三国演义》。

【博闻馆】

关羽“挂印封金”

关羽投降曹操的时候，帮曹操斩杀了袁绍大将颜良，立了大功。曹操上奏朝廷，封关羽为汉寿亭侯，还专门送了一枚大印给关羽。后来，他又帮曹操斩杀了袁绍的另一员大将文丑，曹操又上奏朝廷，赏赐了关羽许多金银。之后，关羽得知大哥刘备下落，要去寻找。他先向曹操告辞，可曹操故意回避不见，他又去找好友张辽，张辽也托病不见。关羽明白他们的用意，于是就写了一封信送到曹操丞相府，然后把以前所受赏赐的金银封存起来，把那枚汉寿亭侯的大印悬挂在大堂上，以示自己并不贪图曹操给的功名和富贵，表明自己要去寻找大哥刘备的决心。这就是关羽“挂印封金”的忠义故事。

嵇绍以身护帝

闪着寒光的箭像雨一样从四面八方射来，喊杀声不绝于耳，到处都是尸体和血迹，晋惠帝东躲西藏，狼狈不堪。随从的将军、大臣们早已逃得无影无踪，就连卫士们，也是死的死，逃的逃。叛军山呼海啸般地追来，晋惠帝一想到自己可能马上就被剁成肉酱，两腿一软，差点从马上摔下来。这时候，一只大手有力地托住了他，惠帝转头一看，这人浓眉俊目，气宇轩昂，正是侍中嵇（jī）绍。嵇绍本来已经被罢免了官职，但是朝廷北伐叛军，又把他召了回来。他手捧诏书，一刻也不敢耽误，骑着快马飞速赶来，没想到正碰上朝廷军队被打得大败而逃。败军如洪水般向南退去，嵇绍担心惠帝的安危，调转马头寻找，几经周折，才终于在乱军之中找到了惠帝。

嵇绍见惠帝已经吓得脸色发白，说不出话来，而身边竟然只剩寥寥几个人跟随，心想：这些人一个个贪生怕死，丝毫不顾及主上的安危。皇恩浩荡，如今主上遇难，这群吃白饭的无能小人，竟没有一个人能为主上分忧。想到这里，他不由得长叹了一声，对惠帝说："请陛下不要担心，臣一定誓死保卫陛下的安全。"说罢，他正了正自己头上的官帽，又有条不紊地整理好衣带，使自己没有一点不合礼法的地方，这才护在惠帝的身后，驾马向前疾驰。惠帝心中十分感动，心想：这才是真正忠义的臣子啊！

嵇绍是著名的竹林七贤之一、中散大夫嵇康的儿子，他十岁的时候父亲就去世了，和母亲相依为命，从小就谦虚孝顺，受到人们的称赞。嵇康死后，他的好友山涛和王戎替他照顾嵇绍。嵇绍年轻有为，又长得高大挺拔，气度非凡，据说他刚到洛阳的时候，就有人对王戎说："昨天在人群之中见到了嵇绍，顿时觉得周围的人好像都矮了一截，独有他像是独立于鸡群之中的仙鹤一般，卓然不凡。"王戎听后，哈哈大笑，说道："你还没见过他父亲嵇康的风采呢！嵇绍自然也不同一般。"嵇绍不仅相貌英俊，而且才能出众，有知人之明。当时有人甚至说："如果让嵇绍做吏部尚书，负责官员的选拔和任用，那么天下就不会有遗漏的人才了。"嵇绍为人刚正不阿，又谦逊守礼，当时朝廷中的大臣们对他是又敬又怕，没有人不称赞他的才能和品性。在这次叛乱中，嵇绍不顾自己的安危保护惠帝，足可见他的忠心。

这时候，叛军离得越来越近了，嵇绍觉得一股股血腥气扑鼻而来，他在后面护住了惠帝，加紧向前逃。忽然，他听到身后有人大喝一声，紧接着嗖嗖的声音不绝于耳，原来身后已经万箭齐发。嵇绍掉转头，用手中的宝剑奋力击落了几支箭，可再怎么也抵挡不住纷飞的箭头。"噗——"嵇绍的左臂被射中了，紧接着，他的后背又中了两箭，可他紧紧护着惠帝，使他一点伤也没有受。一支一支的箭接连不断地射在了嵇绍的身上，他再也坚持不住了，一大口鲜血喷出来，终于壮烈牺牲了。

嵇绍为保护皇帝，尽忠而死。随后，四面八方的援军先后赶到，最终平定叛乱，救出了惠帝。回到宫中，惠帝的侍从们想要为他脱下脏污的衣袍，惠帝却突然放声大哭，他哀痛不已地说："千万不要把衣服洗掉，那上面可有嵇侍中喷出的鲜血啊！"

这个故事出自《晋书·忠义列传》。

【博闻馆】

风华绝代的嵇康

嵇绍的父亲嵇康是魏晋时期著名的玄学家，他与阮籍、山涛、王戎等人并称"竹林七贤"。嵇康性格旷达清高，狂放任性，既擅长诗文，又精于书画，在音乐上的造诣更是高超，是一个风华绝代的传奇人物。

嵇康纵情于酒，蔑视权贵。钟会是当时太傅钟繇（yóu）的儿子，出身高贵，竟然也自惭形秽，不敢与嵇康正面交往。等到后来他做了高官，亲自拜访嵇康，可是嵇康却在自己家门口的大树下打铁，毫不理会地任由钟会站在一旁，直到最后才说了两句话。

嵇康高大俊美，才华横溢，在读书人中影响很大。正因为如此，晋武帝对不肯合作的嵇康十分头疼，最后决心处死他。嵇康受刑的时候，有三千名太学生请求赦免他，却未被获准。嵇康神色不变，像往常一样镇定，他看着底下的人群，在刑台上缓缓弹奏了一段乐曲，曲声悠扬，令人陶醉。弹奏完以后，他长叹道："曾经有人向我学弹这首《广陵散》，我却没有教给他，如今此曲再无人会弹奏了。"说罢，从容赴死，千古名曲《广陵散》便成了遥远的绝响。

敢于谏言的魏征

唐太宗李世民是有名的贤明君主，他年少时就随父亲李渊起兵反隋，立下了汗马功劳；即位后，他又将国家治理得井井有条，臣民们对他敬爱有加。可就是这样一位雄才大略的君主，居然也有让他又气又怕的人，这个人就是谏议大夫魏征。

魏征本是李世民的哥哥、太子李建成手下的官员，他的才干深受李建成的赏识。太子李建成和当时还是秦王的李世民都想继承帝位，两人一直明争暗斗。魏征为李建成出谋划策，多次劝他先下手除掉李世民，可是李建成犹豫不决。玄武门之变后，李世民杀死了哥哥李建成，捉住了魏征。魏征本想以死报主，可未料想李世民宽宏大量，不仅没有处死他，还把他留在身边做官。魏征感激涕零，从此以后尽心竭力地辅佐李世民，知无不言，丝毫不顾虑自己是个降臣。

"谏臣"魏征

这位"贞观之治"时期的著名大臣、名垂凌烟阁的功臣，千百年来，已经成为忠义正直的谏臣的代表。

魏征大胆敢谏，唐太宗对他十分信任，并虚心听取建议。唐太宗的女儿长乐公主要出嫁，由于是皇后亲生，唐太宗对这个女儿疼爱备至，于是赏赐给她许多财物作为嫁妆，比长公主出嫁时的嫁妆还多一倍。魏征知道了，赶忙面见太宗，劝谏道："长公主是高祖的女儿，是陛下的姐妹，而长乐公主是陛下的女儿，她的嫁妆怎么可以比姑姑长公主多出一倍呢？"唐太宗沉默不语。魏征又说道："过去汉明帝分给自己儿子封地的时候，曾经说过'我的儿子怎么可以与先帝的儿子相比呢？'于是汉明帝只给儿子相当于自己兄弟一半的封地，他这样做是符合礼法的。"唐太宗觉得有道理，回去告诉了长孙皇后。长孙皇后听说后，不仅不生气，还赞叹道："魏征劝谏得对。我是陛下的结发妻子，说话的时候还要看陛下的脸色，而魏征却直言敢谏，真是难得的忠臣。"说完，命人赏赐了魏征。

虽然唐太宗总会听取正确的建议，但是有的时候也会发火，每当这时候，魏征不仅不退缩，还梗着脖子据理力争，让唐太宗下不来台。久而久之，他对这个不怕死的忠臣都有点害怕了。一次，唐太宗收拾好了行装，打算出去游玩打猎，可是却迟迟不出发，后来魏征向太宗问起这事，太宗笑着说："本来是有这个想法的，但害怕你又来劝谏，只好作罢了。"又有一次，太宗正在逗鸟玩，这只鸟很珍贵，太宗非常喜欢，可当他远远看到魏征走来，担心魏征说他玩物丧志，就赶紧将鸟藏在怀里。等魏征离去后，这只鸟竟被活活闷死了。有的时候，唐太宗会被魏征气得火冒三丈，口口声声说要杀掉这个固执的乡巴佬，可等到气消之后，却总因为有这样一个大胆敢谏的忠臣而欣慰。

后来魏征生了重病，奄奄一息，唐太宗亲自前去探望。

当太宗看到魏征家中简陋朴素的屋子时，不由得一阵心酸：这样一个位高权重的大臣，居然节俭到这个地步。于是命人把修建宫殿的材料运来给魏征修整房屋。不久，魏征病逝，太宗知道后，失声痛哭，他说："以铜面作镜子，可以整理衣冠；以历史作镜子，可以懂得朝代的兴衰更替；而以人作镜子，就能知道自己做事的得失。如今魏征去世，我失去了一面最重要的镜子。"

魏征的谏言对于唐太宗开创"贞观之治"功不可没，很久以后，唐太宗还会想起魏征对自己说过的话"兼听则明，偏信则暗"，并以这句话时时提醒自己。

这个故事出自《新唐书·魏征传》。

【博闻馆】

玄武门之变

唐高祖李渊曾为把皇位传给哪个儿子而犯愁：太子李建成虽然才能不足，但是作为长子，按礼法应该继承皇位；二儿子秦王李世民英勇贤明，为唐朝的建立立下大功，而且手下能人辈出，相比太子更有资格。李建成虽被立为太子，但知道父亲对继承人一事还犹豫不决，心中担忧，他联合四弟李元吉处处与李世民作对。他们用金钱拉拢后宫的妃子们，让她们在唐高祖耳边说李世民的坏话；后来又拿毒酒给李世民喝，差点毒死了李世民。李世民对他们一忍再忍，可谁知李建成竟然上奏唐高祖，让李元吉带走李世民手下的大将、军队去征讨突厥，并打算趁这个机会杀死李世民。

在身边谋士的劝说下，李世民决定反攻。他买通了玄武

山西太原晋祠公园李世民和他的文臣武将魏征、长孙无忌、尉迟敬德等群雕铜像

门的守将，准备在那里设下埋伏。第二天，李建成和李元吉毫无防范地走进玄武门，正感觉周围安静得有些反常，忽然听见一阵喊声，回头一看才发现李世民率兵杀来。二人吓得心胆俱寒，李建成对着李世民连射三箭都没射中，却被李世民一箭射穿喉咙。李元吉赶紧夺路而逃，没逃多远，就被尉迟（yù chí，复姓）敬德赶上，一箭射死。这便是“玄武门之变”。唐高祖对他们兄弟相残，既感无奈又觉难过。这场变故过后不久，就把皇位传给了李世民，自己称太上皇，居住深宫不再过问政事。

尉迟敬德解衣显忠心

尉迟恭，字敬德，出生于隋朝末年。他长得面如黑炭，膀大腰圆，年轻时以打铁为生，练出了一身使不完的力气。尉迟敬德最早是刘武周的手下，曾经率兵与李世民大战，归顺李世民后，由于是降将，受到其他将领的排挤。尉迟敬德的性子刚直不阿，李世民曾对他说："如果你愿意留下来，就留下来，不愿意的话，我可以放你走。"他拿了李世民赠予的钱财就走。可是后来李世民遇到了危险，还是尉迟敬德拼死将他救了出来，从此李世民就把他视为亲信，那些将领也不敢排挤他了。

尉迟敬德作战时勇猛无比，立下了赫赫战功，他也因此颇为自傲。由于他个性粗豪，不懂得与人相处，所以得罪了不少人。李世民即位后，一次在宫中大宴群臣，席间尉迟敬德发现有人的席位在他之上，竟站起身来指着那人怒道："你有什么功劳，席位在我之上？"唐太宗的族弟、任城王李道宗起身劝解，尉迟敬德却不管不顾，一拳过去差点打瞎了李道宗的眼睛。从此以后，尉迟敬德的人缘更差了，一些小人借机经常在背后说他的坏话，说他想要谋反作乱，久而久之，唐太宗也有了一些怀疑。

此时，尉迟敬德在很远的地方做都督，并不在朝中。他爱兵如子，每天带领手下的士兵操练，以防备敌人。一天，他正在府中读兵书，忽然传来圣旨，尉迟敬德很纳闷，难道又有人造反了？他接过圣旨一看，上面什么都没说，只是让他快快进京。他不敢耽误，匆匆向副将交代了军中的事务，简单收拾了一下，就带着满腹的疑问，日夜兼程向都城长安赶去。

年画中的“门神”尉迟敬德

据说尉迟敬德面如黑炭，远远望去如同一座铁塔一般，民间把他和另一位大将秦琼的勇武形象画在门上，用以辟邪驱鬼。

好不容易赶到了长安，尉迟敬德来不及休息，赶紧进宫面见唐太宗。一看到太宗，他就扯开了嗓子说道：“陛下你怎么如此急着召我回来？出了什么大事，是不是又有人造反了？”唐太宗冷冷地看着他，却一句话也不说。尉迟敬德又说：“陛下不用担忧，无论是谁，我都能把他平定了。”唐太宗的脸色更阴沉了，他盯着尉迟敬德，过了一会儿才张口说：“有人对朕说你想要谋反，朕不知道是真是假，就把你叫来问问。”“什么？”尉迟敬德只觉一股怒气冲上了头顶，他在外面操练兵马，抵御外敌，丝毫不敢疏忽，这样忠心耿耿、一腔热血，竟然被太宗怀疑谋反！

尉迟敬德扑通一声跪在地上，说：“我为陛下四处征讨反贼，尽心尽力，难道我会谋反不成？这一定又是小人进的谗言！”说到这里，他再也控制不住自己的悲愤之情，一把将身上的衣服扯下，光着上身说道："想当年我跟着陛下四处征讨，冲锋陷阵，从百战之中捡回了一条性命，请陛下看看我的身上！如今天下安定了，就开始怀疑我要造反吗？"

唐太宗定睛看去，只见他黑壮的身上满是伤疤，有刀伤，有箭伤，整个身子都找不到一块好皮肤。唐太宗看着这一道道伤疤，慢慢忆起尉迟敬德的一件件功劳：洛阳城下，舍身救主，一枪刺倒飞奔过来的敌将；玄武门内，用身体护住自己，杀散袭来的士兵，自己才得以登上皇位……唐太宗看着看着，眼中不禁充满了泪水：这每一道伤疤都是一份了不起的功劳啊！他赶忙扶起尉迟敬德，激动地说："快快穿起衣服吧，我本来就没有怀疑你，才把这事告诉了你，不要如此悲愤了。"尉迟敬德这才起身，他见唐太宗满含泪水，也非常感动，从此以后更加尽心尽力地为太宗征战四方，而太宗再也没有对他产生过怀疑。

这个故事出自《旧唐书·尉迟敬德传》。

【博闻馆】

功臣名垂凌烟阁

唐太宗即位后，先后平定了各方叛乱，抵御突厥入侵，推行正确的政策，使国力逐渐强盛，百姓得以安居乐业。到了晚年，他总是忍不住回忆往事，想起当年在战场上来回冲杀，九死一生；想起建国之初群臣在朝堂上出谋划策，激烈争辩；想起玄武门之变时万箭齐发，众将士护在身旁，使自己毫发无损……这一幕幕往事如同发生在昨日，可是那些功臣们却有很多已经先自己而去。每当想到这里，唐太宗总是很伤感。

为了纪念那些立过大功的群臣，唐太宗决定把他们的画像挂在凌烟阁内以作表彰。负责作画的是大画家阎立本，题字的是书法家褚遂良。按照唐太宗的吩咐，他们一共画了二十四幅功臣画像。这些人中第一个是皇后的兄长长孙无忌，他和唐太宗年轻的时候就是朋友，一直跟随唐太宗。此外，还有善于出谋划策的房玄龄、直言敢谏的魏征、单骑救主的尉迟敬德、勇猛善战的秦琼、统领千军的李靖等人。这一幅幅功臣的画像挂在皇宫里的凌烟阁中，唐太宗经常一个人呆在里面，怀念这些曾陪伴自己多年的部下们。后来，凌烟阁就成了专门悬挂功臣画像的地方，而名垂凌烟阁则是后世为人臣者最高的追求。

凌烟阁阎立本“二十四功臣”画像之魏征像

尽忠敢言的狄仁杰

唐高宗的时候，有人曾经这样评价狄仁杰："狄公之贤，北斗以南，一人而已。"由此可见狄仁杰的贤明能干。狄仁杰在年轻时就得到很多人的赏识。后来他做了掌管刑法的大理丞，上任不到一年，就处理了大量案件，这些案件涉及一万七千多人，可是结案后没有一个人上诉伸冤，足见他的公正廉明。

狄仁杰不仅善于断案，他最为人称道的还是他直言敢谏。当时，有两个大臣失手将昭陵上的柏树砍断了，昭陵是唐太宗李世民的陵墓，砍断了那里的柏树就是对先帝的不敬，二人吓得战战兢兢。有人将这事报告给唐高宗，唐高宗勃然大怒，下令将二人斩首示众。这两个大臣一句话也不敢说，只是连连向唐高宗叩头求饶，别的大臣也都不敢多说一句话。这时候，狄仁杰站出来，说："他们二人的罪过还不至死，陛下重重责罚一下就够了，不该杀掉他们。"唐高宗瞪着狄仁杰说："砍断昭陵的柏树，他们是想让我做不孝之子，难道还不应该杀掉吗?"唐高宗怒不可遏，可狄仁杰没有退缩，他向前一步，不慌不忙地说道："汉代有人偷了高祖庙中的玉环，汉文帝想要灭掉他的九族，可是当时的大臣张释之劝谏说'如果这样的话，一旦有人挖了高祖陵墓的土，这种大罪就没有更严重的刑罚了。'罪不至死却要判处死刑，砍断一棵柏树却要处死两个人，这让后人怎么看待陛下呢?”唐高宗听了这番入情入理的话，不由得点了点头，接受了狄仁杰的劝谏，免去二人的死罪，并且升了狄仁杰的官。

还有一次，狄仁杰上书弹劾大臣王本立，历数他的种种罪过。王本立是唐高宗宠爱的臣子，平日作威作福，欺压百姓，高宗虽然知道他的这些行为，但总不忍心责怪他。和狄仁杰关系好的官员都劝他不要上书，可是狄仁杰坚持己见，非要让高宗治王本立的罪。唐高宗看了狄仁杰的上书，不以为然，下旨宽恕王本立的罪过。狄仁杰知道后，面见高宗，义正词严地说：“当今朝廷缺乏贤能的人才，却不缺王本立这样的人。他有罪却不受惩罚，陛下这么做是违背王法。如果不治他的罪，那么就把我放逐荒野吧，让那些忠贞的臣子都以我为戒!”唐高宗无话可说，只好严厉地处罚了王本立，朝中的群臣都对狄仁杰肃然起敬。

唐高宗去世后，皇后武则天登基为帝，许多老臣都被武则天借故处死，而狄仁杰由于正直贤明，不仅没有被杀掉，反而更加受重用了。武则天信奉佛教，想要铸造一尊巨大的佛像，这需要花费大量的人力物力。狄仁杰劝谏道：“佛教以慈悲为怀，铸造大佛既耗费金钱又劳累百姓，这和佛教立教的宗旨相违背。再说如今边境还不安宁，而且各地总是突发水灾或旱灾，如果把金钱和人力都用在了建佛像上，万一哪个地方遭灾，到时候怎么救助呢?”武则天觉得有道理，接受了狄仁杰的劝谏。

狄仁杰忠心耿耿，敢于直言，在朝中获得了很高的声望。他去世以后，满朝文武都为他痛哭流涕，武则天也长叹道："狄仁杰去世了，朝堂也就空了。"由于狄仁杰生前曾经劝谏过武则天立太子，使皇位又回到李氏子孙的手里，所以之后的皇帝也都对狄仁杰尊崇有加。

这个故事出自《新唐书·狄仁杰传》。

【博闻馆】

狄仁杰巧计伸冤

武则天成为皇帝后，总是担心有人谋反，一些奸恶小人就趁机诬陷他人，一时间造成了许多冤案。狄仁杰虽然受武则天的赏识，但由于是唐高宗时期的旧臣，被人诬告后，也被投入了大牢。当时有个酷吏名叫来俊臣，发明了许多种残忍的刑罚逼人招供，许多人都坚持不住而丧命。

狄仁杰入狱后，来俊臣以为这样的大臣一定不会承认罪名，这样就可以给狄仁杰上刑以报私仇了。谁知狄仁杰竟说："我确实谋反了。"如此一来，来俊臣没有理由用刑，只好暂时把他关入大牢中。狄仁杰在牢中苦思冥想，终于想出一个办法为自己伸冤，他把写明自己冤情的书信塞入棉袄，托人将棉袄带出大牢。狄仁杰的儿子得到棉袄后，不明白冬天将至，为什么父亲会将棉袄送了回来。他拿着棉袄左看右看，终于发现了父亲的伸冤书，赶忙呈交给武则天。武则天看了伸冤书，才知道错怪了狄仁杰，将他放了出来，并问他："为什么在牢中你会承认谋反呢？"狄仁杰从容不迫地说："如果不承认的话，那一定会受刑而死，所以不得不承认。"由此可见，狄仁杰不仅正直，还是个懂得变通的聪明人。

颜真卿坚贞不屈

“皇上一定是听了小人的谗言，才会下这道诏令的！”

“李希烈存心叛乱，已经不可能劝阻了，发兵讨伐他才对，现在让颜真卿去劝李希烈投降，纯粹是白白送命。”

“说不定就是卢杞给皇上出的主意，他现在独断专行，正想要借这个机会害死颜真卿。”

“唉，朝廷中恐怕又要失去一位元老了。让德高望重的元老去送死，真是当朝的耻辱啊。”

当时李希烈造反，唐德宗听从卢杞的建议，要颜真卿去劝阻李希烈。朝中大臣听到这个消息，都大惊失色，议论纷纷，无不为颜真卿感到惋惜。颜真卿本人却很坦然，在一片哗然中接受了命令，没有丝毫推脱与畏惧。

颜真卿带着皇帝的诏书来到河南，第一次见到了李希烈。看到颜真卿，李希烈的一千多个养子纷纷拔出剑来，恨不得把他吃掉。李希烈手下的各个将领，也都围在颜真卿的身边，不停地谩骂，随时准备杀了他。颜真卿站在当中，丝毫不为所动。李希烈急忙用身体挡住颜真卿，并让众人都退下。李希烈护送着颜真卿到了馆舍，想要逼迫颜真卿为自己上书辩白，颜真卿不从。

李希烈于是召集逆党的首领举行宴会，让颜真卿坐在宴会席中。宴会上特意安排了倡优表演辱骂朝廷的歌曲给颜真卿听，颜真卿怒斥道："你李希烈也是朝廷的臣子，怎么能这样做?"说完拂衣而起。李希烈的同党们又劝说李希烈："早就听说颜太师的德行威望，您现在想成就大业，而太师正好来到这里，难道不是上天给我们机会吗？相公如果想要一个宰相，谁能跟颜真卿相比呢?"

颜真卿不为所动，呵斥道："做什么宰相！你们听过颜杲卿的大名么？他是我的兄长。当初安禄山造反，他最先举义兵讨伐，被害的时候没有停止辱骂叛贼。现在我已经年近八十了，官至太师，我会守住兄长的气节一直到死，又怎么会受你们这些贼党的诱惑?"众人顿时安静下来，没有人再敢提起这件事。

李希烈把颜真卿拘禁起来，让士兵看守，并在院中挖了一个一丈见方的坑，说要坑杀颜真卿，颜真卿却毫不在意。

后来，李希烈手下的大将周曾等人，计划谋杀李希烈，推举颜真卿为节度使。谁知事情败露，李希烈杀了周曾，并把颜真卿关进了龙兴寺。此时，颜真卿猜到自己一定会死，于是为自己写了遗书，甚至连墓志铭和祭文都写好了。他常常指着寝室西边的墙壁下说："这就是我要埋葬的地方。"

等到李希烈攻陷了汴州，自立为皇帝，就派人向颜真卿询问登基的礼仪。颜真卿愤恨地回答："我曾经执掌国礼，但是现在年岁大了，只记得诸侯朝见天子的礼仪了!"

兴元元年，李希烈为了恐吓颜真卿，让部下在庭院中堆上柴火，浇上油，并对他说："如果不愿意屈节，就自焚吧。"颜真卿不假思索就往火中跳，最后还是被众人拦下。

后来，李希烈的弟弟因为犯罪被朝廷处死，李希烈大为恼怒，兴元元年八月三日，他派出将领和一名宦官去杀害颜真卿。宦官先喊道：“皇上有令！”颜真卿按礼节行礼听候旨令。宦官说：“皇上赐死。”

颜真卿讽刺地说：“老臣没有完成使命，本来就该死。但是不知道这位使者是什么时候从长安启程来到这里？”

宦官说道：“我是从大梁来的。”

颜真卿破口大骂：“分明是逆贼，哪来的圣旨？”说完，就被来人勒死了，那一年，颜真卿七十七岁。

一直到李希烈的叛乱平息，颜真卿的遗体才运回长安。德宗皇帝悲痛不已，赐颜真卿谥号文忠，为了表示哀悼，整整五天没有上朝。

这个故事出自《新唐书·颜真卿传》。

【博闻馆】

颜真卿的书法

颜真卿初学于褚遂良，后来又学习张旭的笔法。颜真卿写出来的字，正楷端庄雄伟，气势开张，行书遒（qiú）劲郁勃。古法到了颜真卿这里发生了转变，世称“颜体”，并和柳公权合称为“颜柳”，后世有“颜筋柳骨”的说法。

颜真卿创立的这种楷书结构方正茂密，笔画横轻竖重，笔力雄强圆厚，气势庄严雄浑。他的楷书一反初唐书风，化瘦硬为丰腴（yú）雄浑，气势恢宏，骨力雄健而气概凛然。这种风格也体现了大唐帝国繁盛的风度，并与他高尚的人格相契合，是书法美与人格美完美结合的典范。

当然，这种书体的创立，一定是颜真卿下工夫认真练

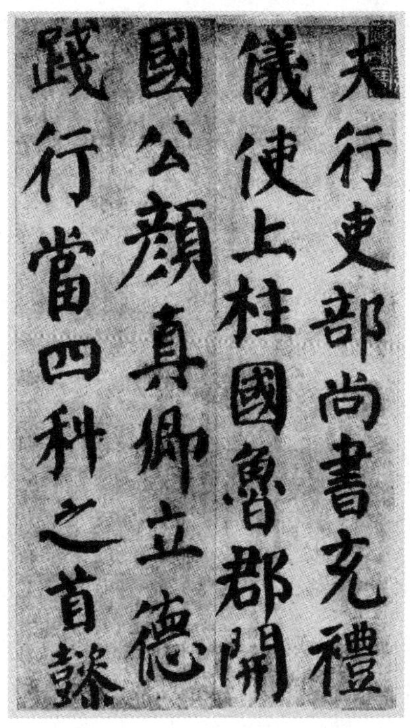

此帖又称《自书太子少师告》，传为颜真卿真迹。

习、细心研究的结果。好学和勤奋的精神，使得他的书法能够在前人的基础上更上一层楼。

直言敢谏的李绛

唐朝的李绛非常善于劝谏。他刚正耿直，不畏权贵。唐宪宗在位的时候，他凭借智慧和才华，给唐宪宗提出了许多很好的建议。

唐宪宗即位的时候，李锜在浙西起兵叛乱。这场叛乱平息了之后，朝廷查抄了他的所有家财，用大车装着收归国库。可是李绛并没有像其他人一样，因为朝廷又增加一大笔收入而感到高兴。相反，他劝告唐宪宗："李锜这个人凶狠狡猾，残酷暴戾，为了满足一己私欲而盘剥六州百姓，造成当地深重的苦难。皇上您讨伐李锜，本来是为了一方安宁。现在皇上一车一车地拉走钱帛，这消息传出去，恐怕对皇上不利。不如把这些钱帛用来充当农户今年的租税，这样，百姓一定会欢欣鼓舞，拥戴皇上，四海之内也都会歌颂皇上的功德。"

唐宪宗听从了李绛的劝告，并且嘉奖了他。

尽管李绛的劝谏都十分中肯，但是唐宪宗也有听不进去的时候，有时李绛的劝谏太过激烈，还会惹得唐宪宗不高兴。尽管这样，李绛并没有因为害怕得罪唐宪宗就停止进谏，因为李绛认为，劝谏皇帝是臣子的本分。

有一次，李绛的劝告过于激烈，使唐宪宗非常愤怒，他质问李绛："你进谏的话，是不是说得太过了？"

李绛一听，马上说："请皇上自己想想，臣所说的话，对于臣自己而言没有什么好处，而对于国家是大有裨益的。陛下不嫌弃臣愚钝，把臣安排在了重要的位置，我怎么可以辜负陛下，在应该进谏的时候爱惜自己而不说话呢？如果不说话，只是偷偷感叹，这是臣对不起陛下啊。”

听到这里，唐宪宗的脸上已经没有了愤怒的神色，反而和颜悦色地安慰李绛：“你对朕，是真正忠诚的。别人不敢说的话，你都敢讲，让朕听到了平常不容易听到的真话。往后我处理朝政的时候，你还要继续这样劝谏。”

还有一次，教坊自称奉了皇帝的密旨，抓了很多民间女子，一时间全城哗然，造成了很坏的影响。李绛和同僚商量：“这件事情，实在是有损圣上的德行，必须劝谏。”可是同僚却相互推托：“这样的事情，自然有谏官负责。我们就不用多说话了吧。”

李绛执意要劝谏：“平常谏官论事，你们常常挑毛病，现在出现了棘手的事情，你们又推给谏官，这样做可以吗？”他立刻上书皇帝，劝皇帝制止这种行为。

没想到第二天，唐宪宗不但没有生气，反而表彰了李绛：“如果不是李绛对朕十分忠诚，朕怎么会知道抓女子进入教坊的事情。朕在宫中，不知道外面的事，罪过在教坊，误解了朕的意思，造成了这种结果。当时朕看到几位亲王身边都缺少侍者，就下令在乐工中间以及民间寻找自愿的女子，并且要求厚待她们。朕当时只下令找四个女子，打算给四位亲王每人配一个，谁知道教坊弄错了朕的意思，大肆搜罗民女进教坊。现在朕已经惩罚了教坊的人，所抓的女子，也都遣散回家了。如果不是李绛上书，朕怎么知道出了这种事情?”

由此可见，李绛劝谏完全依照道义的准则，而不是靠猜测皇帝的喜好。他的正直和忠诚深深赢得了唐宪宗的信任。李绛身为六朝元老，四次为相，为唐朝做出了很大的贡献。

这个故事出自《旧唐书·李绛传》。

【博闻馆】

不畏权贵、耿直敢言的汲黯

中国历史上所指的谏臣，一部分是朝廷任命的专门负责进谏的官员，一部分也指那些敢于直言规劝的臣子。谏臣在中国历史上多不胜数，为国家做出了重要贡献。

比如西汉的汲黯，汉景帝时出任太子洗马，因为威严庄重而受人敬畏。汉景帝去世之后，太子即位，让汲黯担当谒者（负责为国君掌传达）的官职。他为人威武不屈，刚直不阿，不畏权贵，秉公事职，并且敢于犯颜直谏。

后来，汉武帝向天下招揽读书人，并且在朝堂上宣布自己要如何落实仁政。汲黯对答说：“陛下，您内心有很多欲望，而在外却要施行仁政，这样难道就能效法古圣先王的政治了吗?”因为汲黯的话十分犀利，汉武帝沉默不语，脸色大变，又因为汲黯说得正确，不好斥责他，只好罢朝。很多人十分担心，而汲黯却并不在意，他说：“天子设置公卿百官这些辅佐之臣，难道是让他们一味纵容君主、阿谀逢迎，将君主陷于违背正道的窘境吗?”

汲黯因为他的正直留名青史。

杨家将三代忠义

北宋初年，宋太祖赵匡胤决心扫平天下，但是北有实力强大的辽国，而中原还有一些小的国家，其中最让宋太祖头疼的是北汉，只因为北汉有一员赫赫有名的大将——杨业。宋太祖率兵征伐北汉，结果总是负多胜少。杨业不仅勇猛善战，而且懂得审时度势，他明白天下早晚属于强大的宋朝，几场大战之后，他说服北汉的君主一同归降了宋朝。

宋太祖得到了杨业这员猛将，喜不自胜，重重地封赏了他，并命他率领大军抗击辽国。一次，杨业只带了几千兵马出击，绕过辽国的大军，等到时机成熟便从后面攻击辽军。辽军万万没有想到宋军会从背后杀出，虽然人数超过宋军几倍，但由于措手不及，被杀得尸横遍野。这一战，使杨业名声大振。从此以后，辽军甚至一见杨业的旗号就四散奔逃，称他为“杨无敌”。

杨业战功卓著，引来了其他将领的妒忌。宋辽之间的战斗互有胜负，宋太宗决定派大军北征，以潘美为主帅，杨业做他的副手。杨业见辽军人数众多，士气正盛，便向潘美献计道：“不如先避其锋芒，在山谷设下埋伏，再一举击败辽军。”这本是一条万全之计，可竟然有人讥讽说：“您被人称作‘杨无敌’，如今竟然不敢出击，难道有不忠的想法吗?”杨业勃然大怒，为表忠心，他只好率军迎战声势浩大的辽军，临行时请潘美派人在陈家谷口这个地方接应。

杨业领军在前冲杀，而潘美等人竟然撤离了战场。辽军人数远远超过宋军，杨业虽然杀得辽军损失惨重，但终究无法抵挡，于是且战且退，撤到了陈家谷。本以为潘美会领军接应，合兵一处，这样就可以击败辽军，谁知谷口却没有一兵一卒。杨业悲愤莫名，他从中午战到傍晚，手下士兵伤亡殆尽，自己也满身是伤。他虽勇猛无敌，一个人就杀死了数十敌军，但战马已经疲惫得不能行动了。就这样，一代名将杨业被敌人所擒，他绝食三天，为宋朝尽忠而死。

山西省代县杨家将宗祠

杨家祠堂元代时由杨家第十七代孙奉旨建造，正殿内塑着杨业与其妻佘太君的坐像，两旁分立着他们八个儿子的塑像。祠堂中多为明代遗物，有很高的历史价值。

消息传回，宋太宗十分难过，任用杨业的儿子杨延昭为将。杨延昭一直随父亲征战，父亲被奸臣陷害死在战场后，他拼尽全力突围而出，回到了宋朝。他继承了父亲的遗愿，忠心为国，抗击辽军，宋真宗称赞他“治理军队，守卫边塞，有其父杨业的风范”。杨延昭守护边塞，使辽军没办法进攻宋军。一次，辽军大举进攻，杨延昭正守卫在遂城。遂城是个小城，城墙又矮，士兵又少，救援的军队迟迟不来，杨延昭却镇定自若，指挥士兵守城，击败了辽军一次又一次的进攻。转眼间，天气转寒，进入了冬天，辽军久攻不下十分着急。当辽军再次发动进攻的时候，忽然发现城墙高了许多。原来杨延昭趁着天寒地冻，命人把水浇在城墙上，水冻成冰，使得城墙变得又高又滑。辽军见到这种情况，知道无法攻城，只好心灰意冷地撤军了。杨延昭率兵出城追击辽军，大获全胜，从而威震边塞，人们将他守护的遂城称为“铁遂城”。

杨延昭去世以后，他的儿子杨文广继续带兵作战。这时候，宋朝的敌人不仅有辽国，还多了一个西夏。杨文广年轻时跟着大将狄青征讨西夏，立下了战功。后来，范仲淹遇到了这个小将，一番长谈后，对他的军事才能十分赞许，把他收在自己的帐下为将。由于连年征战不休，宋朝决定与辽国和西夏议和，在相对安定的年代，杨文广率兵出征的机会不是很多。虽然不如祖父和父亲那样战功显赫，但杨文广不忘先人教诲，尽心尽力，一心为国。祖孙三代忠义杀敌，可歌可泣，杨家将的名声流芳百世，他们的故事为后人代代相传。

这个故事出自《宋史·列传第三十一》。

【博闻馆】

女中豪杰萧太后

在小说《杨家将》中，与杨业、杨延昭等杨家将作战的辽军统帅是辽朝的萧太后，她指挥手下大将与宋军多次交战，总能不落下风，可称作一代女中豪杰。

萧太后跨马行阵图

历史上的萧太后本名萧绰，小字燕燕，是辽景宗的皇后。辽景宗体弱多病，无法处理政事，萧绰就代替他决定国家大事。辽景宗死后，小皇帝还很年幼，于是萧绰就名正言顺地掌握了国家大权。萧太后做事凌厉果断，她推行了一系列的改革政策，对奸臣贪官绝不手软，一时间，朝野上下都为之震动。在萧太后的治理下，辽国国内逐渐稳定下来，百姓得以安居乐业。后来，萧太后改嫁大将韩德让，韩德让武功高强，声望很高，这样萧太后和小皇帝有了靠山。在对外战争中，萧太后展示了非凡的军事才能，与宋军作战，她能冷静指挥，常常能够压制宋军，还在一场大战中捉住了名将杨业。萧太后还亲率大军南征，一路势如破竹，差点攻进了宋朝的都城。最后，由于孤军深入，萧太后放弃了继续进攻，与宋朝谈判并签订了和议，这就是著名的澶渊之盟。这份和议换来了宋辽两国的相对和平和安宁，辽国也在其中获取了不少利益，其中萧太后功不可没。

王旦荐贤

宋真宗看着王旦，笑着说：“你整天在朕面前说寇准的好话，这么推崇他，你知道寇准是怎么说你的吗?”

王旦回答：“臣不知道。”

“寇准不止一次在朕这里说你处理国政的过失，对你的批评很尖锐啊。”

王旦听了这话，面无愠色，也不为自己辩白，而是十分恭敬地说：“这也是理所当然的。臣做宰相这么多年，在国事上的过错一定很多，而寇准对陛下没有隐瞒，更能看出他的忠诚耿直，这也就是臣看重他的原因。”

王旦就是这样一个虚怀若谷的人。他做了许多年宰相，为国家推荐了许多人才，但并不求别人感激。而这些被推荐的人才，甚至都不知道是王旦在背后帮助他们。

当时王旦在中书门下办公，而寇准在枢密院做枢密使。一次，中书门下有事呈报枢密院，文书的格式出现了错误，寇准就把这件事上报给皇上，王旦因此被罚，中书门下的官吏也受到了惩罚。王旦并不放在心上。不到一个月，枢密院有事呈报中书门下，也弄错了文书格式。王旦手下的官员发现后，兴冲冲地拿给王旦看，以为他会抓住这次机会也上报皇上，好好惩罚一下枢密院。可是王旦看过后，只是命令把有问题的文书送还枢密院。寇准看到送回来的文书，十分惭愧，再见到王旦时，敬佩地对他说："我们两人年龄一样大，可是为什么胸怀度量的差别那么大呢？"王旦笑而不答。

寇准被免去枢密使职位之后，私下找过王旦，请求王旦推荐自己做宰相。王旦听后，十分吃惊，严厉地拒绝道："将相的大任，难道是可以求来的吗？我从来不接受私下的请求。"这么严厉的拒绝，让满怀希望报效国家的寇准深感遗憾。

寇准后来被提拔，做了大官。入宫见皇上的时候，寇准拜谢道："如果不是陛下了解臣，臣怎么能有今天的机会报效朝廷呢？"

皇上听了之后大笑，把王旦平日对寇准的推荐，一五一十地告诉了他。寇准听后，才知道虽然自己常常批评王旦，但是王旦并不跟自己计较，反而在背地里举荐、提拔他，他感到惭愧难当。他感叹地说："王旦宰相的度量，寇准实在是比不上。"

王旦后来生了重病，皇上忧心忡忡地问道："万一你有什么不测，那天下大事，朕应该和谁商量呢？"

王旦此时身体十分虚弱，对皇上说道："最了解臣的莫过于陛下了，陛下心中一定有选择了。"皇上再问，王旦没有回答。直到皇上再三追问，王旦勉强举起奏事的笏板，对皇上说："臣愚钝，以臣的看法，除了寇准之外，不知道还有其他人。"

皇上听王旦这样讲，皱起了眉头："寇准这个人，性格刚强偏执，请你再另择贤人。"王旦却仍是那句话："除了寇准，臣不知道有其他人。现在臣困于疾病，恐怕等不了太久了，请陛下选择良臣吧。”

果然，王旦病逝后不久，皇上就让寇准做了宰相。寇准没有辜负皇帝的信任，尽职尽忠，朝野上下有目共睹。这也说明王旦对寇准的举荐，是十分明智的。王旦举荐贤能，凭借的是对国家的高度忠诚，从不计较个人得失。王旦与寇准的情谊，也从此传为佳话。

这个故事出自《宋史·王旦传》。

河南开封王旦故居“三槐堂”遗址

【博闻馆】

王旦的遗憾

宋真宗赵桓继位后第六年（1004年），契丹萧太后率军20万，直逼黄河岸边的澶州。在寇准的执意坚持下，宋真宗没有采纳王钦若、陈尧叟等人主张的逃跑策略，而是御驾亲征。但是，在已经取得战场主动权，使辽军陷入进退两难不得不求和之时，却以每年向辽提供“助军旅之费”银十万两、绢二十万匹的条件，签下了历史上著名的“澶渊之盟”。

对于这个城下之盟的耻辱，宋真宗耿耿于怀。善于察言观色、逢迎邀宠的王钦若建议“封禅泰山，可以镇服海内，扬威夷狄”。秦始皇、汉武帝、唐玄宗都曾经到泰山封禅。而封禅得有两个条件，太平盛世或天降祥瑞。签这样的盟约，自然算不得太平盛世，当然也不会天降祥瑞，唯一的办法就是假造祥瑞，欺世盗名。由于担心时任宰相的王旦不同意，宋真宗赐了他一樽美酒，还要他与妻儿共享。对于旷古少有的皇帝贿赂，王旦心领神会。和其他人一起杜撰了内容无非是天老爷将大宋委托给宋真宗来掌管云云的天降天书——“大中禅符”，让这项劳民伤财、持续四十七天、耗银八百多万贯的封禅得以实现。

王旦为自己的失足，即替皇帝伪造“天书”圆谎付出了沉重的代价。从此，他只能一次次地带头欢呼庆贺，一次次捧着伪造的“天书”主持各种大典。他的良心受到强烈的自责，常常闷闷不乐，体力不支。公元1019年（北宋天禧三年），王旦病故，临终时给儿子留下遗嘱：“我没有其他过错，只有不劝阻天书这件事，是赎不了的罪。死后要剃掉头发，穿上黑衣服下葬。”宋真宗亲临治丧哭奠，废朝三日。追赠他为太师、尚书令、魏国公，谥号文清，后来又将其配享真宗庙内。

韩琦劝太后还政

韩琦是宋代著名大臣，他的父母很早就去世了，他在兄长的抚养下逐渐成长为一个品行忠正、学问渊深的人。韩琦不仅文采过人，有辅佐君主治理国家的才能，而且还能带兵打仗，治军有方。他曾经率领大军守护边疆，抗击西夏，令西夏不敢派兵侵略。当时边塞上流传着这样的歌谣：军中有一韩，西夏闻之心骨寒。常年领兵作战，使韩琦的性格变得刚正勇毅，后来回归朝堂，他的这种性格使他不怕犯上，敢于谏言，从而受到皇帝及百官的赞许和钦佩。

宋英宗登基后，有段时间生了一场大病，由于病情不见好转，时间一长，宋英宗的脾气变得喜怒无常，对周围的太监宫女非打即骂。英宗生病后，曹太后就代替他处理政事，以让他安心养病，可是一些奸邪的太监趁机在旁边说坏话，导致母子两人的关系越来越差。

以韩琦为首的大臣看在眼里，急在心上，他们担心太后和皇帝的矛盾加深，费尽心思在中间劝解。曹太后向韩琦等人哭诉说："皇上的行为令人心寒啊。"韩琦劝她说："皇上是因为生病了才这样，难道母亲对儿子不正常的行为不能忍一忍吗?"韩琦担忧曹太后想要废掉英宗，又接着说："我们做臣子的只能在朝堂上面见皇上，后宫则需要依靠太后，皇上有什么闪失的话，那就是太后您的责任。太后照顾好了皇上，那么我们就一定拥护皇上。”太后听了这话，就打消了废掉英宗的念头。

韩琦等人接着又来劝导英宗，他说：“自古以来明君不少，但只有大舜才被称作大孝，这是为什么呢？如果父母慈爱而儿子孝顺，这没有什么了不起，而父母不慈爱，儿子仍旧能够孝顺，这才是真正的大孝。皇上您有今日，都是太后

河南安阳韩魏公祠，用以纪念北宋名臣韩琦。

安阳是中国的八大古都之一，是甲骨文的故乡，还是周易的发源地。商代中期盘庚曾迁都于殷，殷这个地方就在安阳市的郊区。

的功劳，她对陛下怎么可能不慈爱呢？是您多心了。”宋英宗便主动去向太后认错，母子二人冰释前嫌。

母子和好之后，宋英宗的病也慢慢好了，可是曹太后还是没有要还政的意思。每天上朝时，英宗坐在前面，太后则在后面挡上帘幕，替英宗处理政事。时间一长，大臣们觉得这样很不合适：太后怎么可以代替皇帝呢？韩琦想了一个主意，他先把十份紧要的公文拿给英宗处理，又拿着处理过的公文让太后评价。太后看后，觉得英宗处理得很好。这就说明英宗已经可以独立治理国家了，韩琦下定决心，要上奏太后还政于英宗。

这一天，太后依旧在朝堂上垂帘听政，韩琦忽然上奏道：“太后，如今皇上已经能够处理国家大事，我已经没有什么大的用处了，希望太后能准我辞去现职，去地方上做个清闲的小官。”“什么？”曹太后吃了一惊，韩琦此时位居宰相，是朝廷中的元老大臣，就像是顶梁柱一样，怎么可以辞官不做呢？曹太后想了想，明白了韩琦的用意，她说：“朝廷大事都要仰仗你呢，反而是我应该把权力还给皇上，让他独立处理政事。”韩琦听后，赶紧说道：“就算是古代有名的贤后都难免贪图权力，太后这么做，是比她们都要贤明啊。可不知太后什么时候撤帘还政呢？”话已经说到这个地步，曹太后无奈地说道：“现在就把帘子撤掉吧。皇上年少英明，把国家大事交给他，我也可以放心了，从今以后就安心在后宫安度晚年了。”说完，转身回宫了。曹太后走后，帘子就被取了下来，这代表着太后把大权已经还给了英宗。

这个故事出自《宋史·韩琦传》。

【博闻馆】

庆历新政

宋仁宗时期，官员贪污之风盛行，吏治腐败，而且对外战争屡屡失利，国家财政收入越来越少，宋朝的国力慢慢衰弱。一些有识之士面对这种情况，站出来建议皇帝推行一系列改革政策，这些人的领袖就是范仲淹、韩琦和富弼。

宋仁宗很支持这些主张改革的官员，采纳了他们的大部分建议。这些建议多数是针对当时的官员的：很多官宦子弟依靠关系做了大官，导致官员人数越来越多，再加上很多人贪赃枉法，百姓负担加重，苦不堪言。范仲淹、韩琦等人主张选贤任能，抑制一些人依靠关系做官，他们为官员制定了一个考核制度，对贪赃枉法的官员进行严厉打击。一次，范仲淹拿着官员的名单，用笔勾掉了一个又一个官员的名字，打算罢免这些违法乱纪的官员。富弼看了以后觉得有些严厉，劝道：“您勾掉这些人的名字容易，可却会使他们一家人都痛苦啊。”范仲淹不为所动，说道：“一家人痛苦总比天下人痛苦好吧。”在范仲淹等人的努力下，改革很有成效。可是这些措施触犯了官僚阶层的利益，很多官员反对新政，并对宋仁宗进言说范仲淹、韩琦等人拉帮结伙，对朝廷不利。最后，在反对派的怂恿下，宋仁宗免去了范仲淹、韩琦等人的职位，这场发生在庆历年间的新政最终以失败而告终。

岳飞精忠报国

一个四十多岁的中年妇人走到床边，用手推了推床上熟睡的孩子。那孩子被推醒后，揉了揉眼睛，问道："母亲，这么晚了您还不睡?"他的母亲对他说："你坐起来，等一会儿再睡。"说着，她拿出一根针和一碗墨，又说道："我要在你背上刺几个字，让你永生不忘。"孩子听话地转过身去，露出背部，咬着牙任由母亲一针一针刺在背上。刺过以后，母亲又把墨水细细地涂了上去。一切完毕，孩子问母亲："您到底刺了什么字?"母亲一字一顿地说："精忠报国。"这个孩子就是日后鼎鼎大名的岳飞，年幼时母亲在他身上刺下的四个大字，既成了他坚持的信条，也是他一生的光辉写照。

岳飞小时候拜师学艺，练就一身过人的武功，后来投入军中，因为作战勇猛，受到主帅的赏识，很快被提拔为将领。岳飞率兵打仗几乎战无不胜，曾经在建康城外大败金国的军队，杀得他们丢盔弃甲，以至于金军主帅完颜宗弼回到北方后，见到熟人就忍不住哭诉与宋军作战的艰难。

金军占领宋朝的北方领土后，由于担心宋人不肯归顺，就将这些土地封给了一些投降的宋朝大官。这些投降的官员掌控着原来是宋朝的土地，却为金人卖命，无恶不作。面对这种情况，岳飞决定率军北伐，收复失地。攻城的战斗十分激烈，城上敌军射下如雨一样的箭矢，炮石纷飞。一时间，岳飞的军队也没办法攻打上去，士气渐渐有些低落。岳飞却不着急，在军中有条不紊地指挥着。忽然，空中飞来一块巨大的炮石，直奔岳飞而来，周围的士兵都吓得四散奔走，唯有岳飞死死地盯着石块一动不动。只听轰的一声响，巨石落在了岳飞的面前，将地面砸出了一个深坑，岳飞毫发无损，面不改色地继续指挥战斗。将士们看到这个场景，都对岳飞敬佩不已，士气一下子振作起来，最终攻下了城池。

岳飞治军严格，同时又对士兵关怀爱护，他率领的军队

河南安阳汤阴县岳飞庙前的岳飞雕像

汤阴县内古迹众多，比如“文王庙”——殷纣王曾经囚禁西伯侯姬昌的地方，还有奎光阁、文笔塔、扁鹊墓等。

在无数次战斗中成长为以军纪严整著称的岳家军。岳家军的口号是“冻死不拆屋，饿死不打掳”，就是说即使冻死也不会拆掉百姓的屋子取暖，饿死也不会抢掠百姓的粮食。岳家军所到之处秋毫无犯。岳飞赏罚分明，对不守军纪的士兵严厉处罚，而对受伤的士兵，他则会亲自慰问，还带去一些银钱。就这样，岳家军成为了抗金战斗中的一支无敌之师，金军常常望风而逃，感叹道：“撼山易，撼岳家军难。”

岳飞作战身先士卒，大军屡战屡胜，最后一次北伐收复了大量失地，甚至逼近了金国的都城。可就在这时，岳飞接到了宋高宗发来的十二道金牌，命令他立刻班师回朝，不得继续进攻。岳飞接到命令后，痛心错失了收复河山的大好机会，不由得落泪长叹道：“可惜了十年的努力，全都毁于一旦！”百姓们听说岳飞要回朝的消息，纷纷拦阻：“岳家军一走，金军又会反攻回来啊。”岳飞无奈地说道：“我不能违抗皇上的命令。”一时之间，军民哭作一团。

让岳飞班师回朝是秦桧出的主意，秦桧为人奸诈，暗地里一直帮助金人，将岳飞视作眼中钉、肉中刺。随后，秦桧将岳飞陷害入狱，说他谋反，却一直也拿不出证据。大将韩世忠质问秦桧：“为何关押岳飞？”秦桧只能含含糊糊地说：“其事体莫须有（“莫须有”是可能有的意思）。”一代名将岳飞就这样背负着“莫须有”的罪名，被奸臣害死在狱中，死的时候他写下绝笔“天日昭昭”，以此来证明他精忠为国的忠心。

这个故事出自《宋史·岳飞传》和小说《说岳全传》。

【博闻馆】

中兴名将韩世忠

南宋初期，中兴宋朝的有四位名将：岳飞、韩世忠、刘光世、张俊。这其中，韩世忠为人耿直，岳飞蒙冤入狱时，朝廷文武都敢怒不敢言，唯有韩世忠当面质问秦桧，闻听秦桧说出“莫须有”的罪名时，勃然大怒：“‘莫须有’这三个字如何能让天下人信服？”有人劝他不要和秦桧作对，他毫不畏惧地说：“怎么能因为害怕祸患而与奸臣同流合污？那样的话我死后如何面对先帝？”

韩世忠年轻的时候就展现出非凡的一面，他十八岁时投入军中，武艺高强，勇冠三军。在岳飞率领大军节节胜利的同时，韩世忠也在迎头抗击金军。宋高宗曾经称赞他说：“就算是古今的名将，又能有几个像韩世忠这样的呢。”当年十万金军渡江，韩世忠率领八千水师截住金军归路，两军大战，他的夫人梁红玉亲自为宋军擂鼓，宋军士气高涨，将十万金军打得大败，还险些捉住金军统帅。这场大战后，韩世忠名声大振，成为抗金力量的中流砥柱。

文天祥高吟《正气歌》

昏黄的灯光下，一个中年人正读着一封书信，读着读着，眼泪一滴滴流了下来打在了纸上。这个中年人就是文天祥，他手中的这封书信是太皇太后写给天下人的诏书，号召大家领兵勤王。诏书中这样写道：新的君主还很年幼，而太皇太后已经年迈，元朝的虎狼之师进军中原，希望天下的英雄豪杰能够共赴国难，挽救大宋。文天祥长叹了一声，站起身来，看向窗外。漆黑的夜色笼罩着大地，如同元朝大军就要吞灭宋朝一样。文天祥决心扶助随时都可能灭亡的宋朝，无论结果怎样，他都要为大宋尽忠尽力。

第二天，文天祥发布榜文，征召勇士，他把自己的全部家产都变卖了，用作组建义军的军费。他还把母亲和妻子送到别处安顿，准备与元军誓死作战。虽然太皇太后下了诏书，可是各地的将官都观望不动，他们担心自己军队的实力被削弱，更害怕与凶猛的元军作战，响应号召的只有文天祥和张世杰。文天祥声望很高，很多人都来投奔他，很短时间内就建立起一支军队。他的朋友劝他说："你的这支军队是仓促组建的，和元军相比就是一群乌合之众，如何能抵挡得住元军?"文天祥回答："你说得没错，可是你看现在国家有难，危急关头竟没有人起兵报国，我这样做只是希望天下人能够闻风而动。再说，我早就立下了以死报国的志向。"

虽然文天祥拼尽全力，无奈朝中官员互相攻击，人心不齐，而其他军队又都不肯起兵抗击元军，最终都城临安被攻陷，文天祥也被俘虏了。都城虽破，可宋朝还没有灭亡，陆秀夫等人保护着益王赵昰（gāng）在南方称帝，延续了宋朝的国统。文天祥得知消息后，用计从元军的监狱中逃脱，九死一生投奔到宋朝最后的领地。

元朝大军步步进逼，陆秀夫和张世杰等人带着皇帝跑到了海上，而文天祥则留守江西，率领各地义军对抗元朝。在文天祥的指挥下，义军取得了多次胜利，收复了一部分失地，可是由于兵力悬殊，勤王的义军最终被击败，文天祥再一次被元军俘虏。

元军主帅张弘范命令文天祥给逃亡海上的宋军写招降信，文天祥接过纸笔，写下了《过零丁洋》一诗，诗中的最后一句写到：“人生自古谁无死，留取丹心照汗青。”张弘范看后，也不由得有些动容，从心里敬佩文天祥的品格，就不再逼迫他了。后来陆秀夫负帝投海，宋朝最终灭亡，文天祥则被押送到元朝的都城大都。

文天祥故乡、江西省吉安县文天祥纪念馆的文天祥雕像

雕像中文天祥双眉紧拧，一脸正气，仿佛正在高声吟诵那首流传千古的《正气歌》：“天地有正气，杂然赋流形……”

元世祖忽必烈早就听说过文天祥的名望，他知道文天祥忠义正直而才能非凡，希望能够招降他，甚至亲自去面见他，许以高官厚禄，可是文天祥不为所动。元世祖软硬兼施，想尽了办法，可无论是文天祥女儿的亲笔书信，还是狱中的严刑拷打，都没有使文天祥屈服。在狱中，文天祥写下了千古名篇《正气歌》，他追思古代的忠臣义士，深信天地之间有正气存在，诗中这样写道："天地有正气，杂然赋流形。下则为河岳，上则为日星。"以此来表达自己对宋朝的不二忠心。

文天祥被关押了三年多，元世祖见他心意已决，一心求死，只好下令处死他。行刑的那天，文天祥神态自若，毫无惧意，向着南方深深拜了几拜，就平静地引颈赴死了。就这样，一代义士文天祥为国尽忠而死，他一生为国操劳，用生命写成了一首照耀史书的正气歌。

这个故事出自《宋史·文天祥传》。

【博闻馆】

文天祥爱诗好棋

文天祥是南宋有名的忠臣，他与张世杰、陆秀夫并称"宋末三杰"，可在日常生活中他与普通的读书人没什么两样，既爱好诗书，又喜欢下棋。

文天祥从小就被父亲培养出良好的品德，并喜好读书。他是一位杰出的诗人，其诗歌慷慨激昂，表现出深沉的爱国情怀，令人感动。在诗中，他常常追思古人的风采，赞扬忠臣良将，比如《过零丁洋》《正气歌》，还有《酹江月·和》《沁园春》等词作，无不如此。

除了写诗，文天祥最爱的就是下棋了。他观看别人下棋，用心琢磨棋路，日久天长，棋艺越来越高超，少有人能战胜他。后来，文天祥将他对棋的研究心得写成了一本棋谱，其中记下了许多奇妙的棋局。夏天的时候，由于天气炎热，文天祥就叫来亲朋好友泡在水中下盲棋。所谓下盲棋，就是不用棋子棋盘，而在心中模拟出棋盘，然后彼此说出自己落棋的位置。在水中待得久了，他的朋友们忍受不住，纷纷离开，只有文天祥乐此不疲，在水中自得其乐地下棋，竟不知太阳已经沉沉落下了。

陆秀夫负帝投海

在广东近海中，茫茫碧波之上立着一块巨大的礁石，日日夜夜，承受着海浪一次次的拍打。哗——一片大浪刚刚退去，一片大浪又迫不及待地袭来，拍在黑黝黝的礁石上激起雪白的浪花。浪花散去，隐隐约约现出礁石上模糊的字迹，这是一块记载着千年前那场大战功过是非的“功罪石”。

南宋末年，战火四起，北方的元朝兵力强盛，开创了一个疆域广阔的庞大帝国。元世祖忽必烈一鼓作气攻破了南宋都城临安，本以为就此灭了宋朝，却没想到益王和卫王逃到了福州，继续抵抗元军。

益王赵昰才七岁，卫王赵昺（bǐng）只有四岁，但他们是宋朝子民的希望，一些文臣武将从四面八方赶来辅佐二王，这其中最有名的是陆秀夫和张世杰。这二人忠心耿耿、才能出众，可是即使在这样的小朝廷中，仍有一些无能的小人兴风作浪。外有元军进攻，内有小人祸乱，这个小朝廷很快就坚持不住了，大家逃到了海岛上。

陆秀夫和张世杰保护着已经称帝的赵昰和群臣逃到一个小岛上，由于连日的奔波、战争的惊吓以及恶劣的气候，小皇帝赵昰竟然病亡了。很多人认为这是不祥之兆，纷纷想要离去。有人说：“皇帝都已经病亡了，我们留在这儿还有什么用?”也有人说：“就靠着我们这点人马，想要抗衡元朝大军，那不如同以卵击石？”一时间，人心涣散，大家都为自己的后路打算。在这危急的时刻，陆秀夫挺身而出，他斥责那些贪生怕死的人，大义凛然地说道：“皇帝虽然已经去世了，但卫王不是还在吗？想当年夏朝的时候，少康仅仅凭借着五百人，就中兴了夏朝。而我们有数万的士兵和天下的民心，你们就甘心这么轻易断送我大宋朝三百年的基业吗？”众人听了陆秀夫的话，觉得羞愧，他们大声地说：“誓与大宋共存亡！”在陆秀夫的鼓舞下，小朝廷中上至官员下至士兵，全都斗志昂扬。

众人拥立赵昺为帝，并转移到厓（yá）山这个地方继续抵抗元朝。陆秀夫被皇帝封为左丞相，他率领大家在岛上建造房屋、制造兵器，而张世杰率领军队在外与元军作战，就这样又坚持了一段时间。可是岛上的生活太艰苦了，数万人缩在小岛上，缺少食物和水源，这时候元世祖又命令张弘范带领大军围困厓山，陆秀夫和张世杰决定突围出去，与元军决战。

这一天，天色阴沉，狂风大作。陆秀夫抱着小皇帝赵昺上了大船，守在后方。前方战报不断传来。不知过了多久，天色渐渐暗了下来，陆秀夫忽然听到喊杀声越来越近，他吃了一惊，出去一看才发现元军已经攻了过来。原来张世杰在前方中计，被打得大败而逃，元军趁势进攻，想要攻上大船生擒皇帝。皇帝的座船又大又沉重，如果逃跑也肯定逃不远。陆秀夫紧锁着眉头，在船上走来走去，他神色复杂地看着小皇帝，心想：如果被元军捉去，那一定会深受屈辱，堂堂大宋的皇帝，怎能被俘而蒙羞呢？想到这里，陆秀夫大吼一声，背起赵昺奔上船头。赵昺早就已经吓坏了，他哭着问道："坏人来了，我们怎么办？我们去哪儿?"陆秀夫听了心痛不已，他红着眼睛，转头对小皇帝说："坏人来了，我们宁死也不能被他们抓住。"说完，纵身一跃，在赵昺的尖叫声中跳入了大海。扑通一声，尖叫声戛然而止，一个大浪打来，陆秀夫和小皇帝永远地沉入了海底。

广东省深圳市赤湾港北侧宋少帝陵的陆秀夫负帝投海像

宋少帝陵是广东省境内唯一一座皇帝陵寝。年幼逢难的少帝陵墓远远不如别的皇陵那样大气，但陵墓西侧的陆秀夫负帝像前却时时有人祭拜。

在厓山附近的一块大礁石上，攻破宋军的张弘范得意洋洋地刻下自己的功绩，而后人追思陆秀夫，刻下"宋少帝与丞相陆秀夫殉国于此"，这其中的是非功过自在后人的心中。

这个故事出自于《宋史·陆秀夫传》。

【博闻馆】

少康中兴夏朝

陆秀夫在激励文武百官抗击元军的时候，提到了少康率领五百人中兴夏朝的事迹，那么少康复国具体是怎么回事呢？

大禹成为天下的首领后，建立了夏朝，他把王位传给了儿子启。到了启的儿子太康时，东夷族的后羿见他贪图享乐，不理国家大事，就趁机夺取了国家大权。后羿后来被手下寒浞（zhuó）取代，这时候太康的后代少康远远地逃开了。少康的父亲被寒浞杀害，少康就躲在外祖父的部落中，一边关注着国都传来的消息，一边学习本领。寒浞不放心少康，派人到处抓捕他，经过一番惊险的逃亡之后，少康逃到了另外一个部落。这个部落的首领很欣赏少康，不仅把女儿嫁给他，还给了他一块土地和五百士兵。此后，少康就凭借着这五百人开始中兴大业。少康关心百姓，待人忠厚，许多感念夏朝恩德的人都来投奔他，他的势力逐渐壮大。此时，寒浞已经去世，他的儿子浇继承了他的王位。少康先派大军逐个击败依附浇的部落，削弱他的力量，等到时机成熟后，亲自率领大军攻向都城。夏朝的子民都盼望少康能够复位，在众人的帮助下，少康终于夺回王位，处死了浇。后来，少康精心治理国家，使夏朝国力强盛，百姓安居乐业，从而中兴了夏朝。

于谦护国

于谦，浙江钱塘人。少年时就有很大的志向，言谈举止也和一般人不一样，以至于有一位和尚看到于谦就曾断言："在我所见过的小孩当中，没有一位比得上于谦的，他将来一定是宰相之才。"

这和尚的话果然没有说错。于谦二十三岁的时候，就高中进士，并得到皇帝的赏识和重用，出任御史一职。明宣德元年（1426 年），汉王朱高煦起兵谋反，于谦随宣宗皇帝亲征。没多久，朱高煦就投降了。投降时，宣宗皇帝命于谦数说朱高煦的罪行。于谦于是站出来，言辞凿凿，声色俱厉。朱高煦被这位御史骂得狗血淋头，只有趴在地上瑟瑟发抖的份儿，自称罪该万死。于谦的才能得到充分的展示，从此更加受到皇帝的重用。

明正统十四年（1449 年），蒙古部族首领也先进犯国境，宦官王振怂恿英宗皇帝亲征。可没想到的是，皇帝竟然被俘虏了，这下引起了朝中上下的恐慌。正当朝中一片混乱时，有一位大臣提出这样的意见：国运衰微，应该迁都南京。时任兵部左侍郎（管理军事的职位）的于谦站出来说："京师是国之根本，一旦动摇则天下大乱，现在正是国难之时，你却说出这样动摇人心的话来，当斩！"那位大臣便不敢说话，退下了。

于是，于谦和监国郕（chéng）王，以及众大臣商量防守和退兵之策。于谦被任命为兵部尚书（统管全国军事的行政长官），充分展示了其卓越的军事才能：他先是选任有才能的人担任将帅，让他们守住各处军事要塞。然后，他又亲自督战，发现临阵脱逃的将帅，斩立决。就这样，军队的士气马上被提振起来。渐渐地，也先军队的进攻步伐被拖住了。于谦认为，也先的军队是劳师远伐，久攻不下，必然退兵。

果然，有利的军事形势向着明王朝转变了。继位的景帝要嘉奖各位有功之臣，以振奋他们的抗敌士气。但是于谦却说："臣下汗颜，京郊各处遍布堡垒，敌兵未退，国耻未洗，我怎么敢邀功请赏呢！"

正在这时，有一些奸臣向于谦进言，说是让朝廷派人与也先讲和，因为形势对也先不利，给他一些好处，他必然会

纪念于谦的祠在杭州有两处：图中所示的于忠肃公祠为"旌功祠"，在三台山墓旁，始建于明弘治二年（1489年），现存建筑为清同治八年重建，1998年修葺整治，在于谦诞辰600年之际对外开放；另一处为"怜忠祠"，在其太平里旧居。

退兵，英宗皇帝也会平安归来。于谦斥责这些奸臣说：“以前，我们也派人和也先讲和，可是却连皇帝的面都没见着就回来了，我们和他们有不共戴天之仇。况且，也先有虎狼之心，会有无穷无尽的要求；现在形势又对我们有利，讲和的话，前方将士军心涣散，怎能同仇敌忾？说这样话的人，按律当斩！”

后来，在于谦的主战下，也先看着捞不到好处，便有了讲和之心。没多久，英宗皇帝就被放回来了。朝中之人都将这功劳记在于谦身上。但当时战事还未平息，国中又有很多地方趁国难之时兴风作乱。于谦于是督军，征调军队平息各处内乱。当时的景帝念于谦有功，便赐给他一座豪华的府第，可是于谦却推辞说：“国家多难，我自己怎能安居？”他又一次拒赏。

于谦，为了国家不计较个人利益得失，高风亮节，百世流芳。

这个故事出自《明史·于谦传》。

【博闻馆】

“两袖清风”的来历

于谦做官的时候，朝中有一个宦官王振，他依仗权势，作威作福，公然接受别人的贿赂，百官大臣也争相拍马献媚。于谦每次进京从不带任何礼物给王振。有人就劝他说：“你不送他金银财宝，送点土特产也行啊。”于谦甩了一下他的袖子，笑着说：“我别无他物，只有袖中的清风。”“两袖清风”这个典故就是这么来的，常用来形容一个人做官清廉。

海瑞罢官

老百姓常用“青天”比喻清官，明代的海瑞有“海青天”之称，与宋代“包青天”包拯齐名。

明世宗深居宫中，疏于朝政，迷信巫术，每天只会设坛祈福；他生活奢华，朝中大臣都争相向皇帝进献象征祥瑞的物品。只有极少数大臣向皇帝直言劝谏，但都被治罪。此后，再无人敢劝谏皇帝。

但是，当时身为户部主事（主管税收、户口、工商、农业相关奏章的官职）的海瑞，听闻无人敢劝谏皇帝，心中十分不满。于是，他写好劝谏书，安排好后事，打发走仆人，将家人托付给一个朋友照顾。辞别母亲和妻子时，他说：“我冒死劝谏皇上，这一去，恐怕有去无回。”说完，便只身前往皇宫。

海瑞奉上劝谏书，书上直言皇帝的种种不是，劝说皇帝不要相信那些方士的骗术，应当振理朝纲，不能再这样荒淫无度下去了。皇帝看完大怒，把劝谏书扔在地上，大声呵斥道：“你一区区主事，竟然敢数落朕的不是！”吩咐左右：“来人！把他抓起来，不要让他跑掉！”一个宦官在旁边对皇帝说：“他不会跑的，他已经为自己买了棺匣，和他母亲妻子诀别，并把仆人们都打发走了——他是冒死前来，等您给他治罪的！”皇帝听完之后，更加生气。

但是，世宗皇帝并没有立刻把海瑞抓起来治罪。他叫人把劝谏书捡起来，又读了好几遍，而后不禁叹息起来，他感叹说：“海瑞这个人可以和比干相比，但朕不是商纣王。”他又将劝谏书留在宫中数月。几个月后，皇帝得了一场病，他说：“如果朕不生病，怎么会不理朝政呢？只是海瑞这人上书责备朕，是大不敬！”于是，下诏书将海瑞投入狱中。

海瑞祠

海瑞祠建在浙西名胜龙山岛上。为厅院合一式的砖木结构，建筑面积625平方米，飞檐翘角，画栋雕梁，古朴典雅，气派宽敞。

没多久，世宗皇帝驾崩，穆宗即位，海瑞被放了出来并官复原职。

隆庆三年（1569年），海瑞调任右佥都御史（负责监察官吏、处理重大案件的官职）。他惩治贪官，打击豪强，为老百姓伸张正义；他还兴修水利工程，利国利民；贯彻实施了一系列法令，如“一条鞭法”，强令贪官污吏将霸占老百姓的田亩还给老百姓，深得老百姓的爱戴。由此，海瑞有了“海青天”的美誉。

由于海瑞为人为官过于正直，不肯迎合当时有权势的人，这引起朝中很多大臣的不满。他们开始毁谤海瑞，说海瑞任意妄为，执法过严，动辄给别人施以杖刑，甚至滥杀无辜。海瑞备受排挤，没过多久就被革职罢官。这一罢官就是十六年。

在这十六年中，曾有人向朝廷建议任用海瑞，可是朝中有人暗中阻拦，海瑞最终没有被任用。宰相张居正主持国政期间，很欣赏海瑞，想任用他。但是，有一次张居正的儿子在海瑞的家乡参加科举考试，海瑞知道后，便马上写信给考官，警告考官不要作假。果然，张居正的儿子没有考上。这让张居正心怀怨愤，直到死都没有任用海瑞。

十六年之后，海瑞已垂垂老矣。这时的万历皇帝才把海瑞想起来，任用他为南京吏部右侍郎（主管官员任免和调动等的官职）。时年七十二岁的海瑞，仍然没有忘记自己做官的职责，他仍然仗义执言，站在老百姓的立场，主张严惩贪官污吏。贪官污吏都惶恐不安，不断上书弹劾海瑞。海瑞也多次请求辞官，但是皇帝不许。海瑞为国竭尽忠诚，最终死于任上。

这个故事出自《明史·海瑞传》。

【博闻馆】

“笔架博士”海瑞

在海瑞担任淳安知县之前，他曾是南平教谕（教授儒学的学官）。一次，上面的督学官来南平视察工作，海瑞和其他两位学官前去迎接。见到督学官，那两位学官都跪地迎接，唯有海瑞站着，只是行抱拳之礼。两个人跪着，一个人站着，这姿势看起来好像一个笔架。督学官大怒，呵斥海瑞不懂礼节。海瑞却说：“大明律上明明白白写着，我堂堂学官，为人师表，怎么能向您行跪拜之礼呢！”从此，海瑞落下一个“笔架博士”的雅号。

夏完淳怒斥叛徒

南京的朝堂里一片沉寂，审讯马上就要开始了。有一个人高高地坐在朝堂之上，面色阴沉。

伴着一阵镣铐碰撞的声音，犯人被带上来。不同于以往在这个朝堂上审讯的那些犯人，被带上来的这个人是一个只有十六七岁却英气勃发的少年。他的身体虽然被官差和镣铐束缚着，但是眉宇之间还是透出一股英雄气概。他一边挣扎着，一边朝着坐在上面的审讯官望去，眼神轻蔑而愤恨。

主审官好像被这少年犀利的眼神刺痛了一般，不禁打了一个寒战。他马上整理了一下官帽，好让自己重新镇定下来。他向堂下的少年问道："你就是夏完淳？"

夏完淳是江南出名的少年奇才，他的父亲夏允彝和他的老师赵子龙都是抗清志士。父亲夏允彝在清兵的重重包围下，不愿意落到清兵手中，投河殉国。而老师赵子龙被逮捕后，也在押往南京的船上投河自尽。

夏完淳十五岁就参加了抗清战斗，现在的他仍然沉浸在父亲和老师去世的巨大悲痛之中，而这种悲痛让他更加仇恨朝堂之上那个主审官。他知道这个主审官不是别人，正是明朝的大叛徒洪承畴。洪承畴不仅自己背叛明朝，还负责江南招抚事宜，想让更多抗清志士像他一样背叛明朝，投降清朝。

洪承畴这时候正在心里盘算，该怎样劝降夏完淳。如果夏完淳归顺清朝，对于洪承畴来说，可是大功一件。他对夏完淳说道："夏完淳，你还只是个孩子，有什么大见识呢？你一定是被人蒙骗，才会做出这么糊涂的事情。听好了，现在如果你归顺大清，我可以保你做大官。"

夏完淳并不为高官厚禄所动，他再次抬起头，逼视着洪承畴，假装不知道他是谁："你是什么人？"

旁边有衙役大声呵斥道："你难道不知道这是洪大人吗？"

夏完淳冷笑了一声，依旧假装不知道，正颜厉色地对衙役说："胡说！你们骗不了我，上面的那个洪大人，肯定是假的。我听说过一个洪承畴，他是我们明朝的大忠臣，他在嵩山、杏山和清人作战的时候，血溅章渠。先皇听说洪承畴的事迹，悲伤不已，亲自作诗来纪念他。你刚才说我是被人蒙骗参加反清斗争，不错，我正是为了追随洪承畴的忠烈德行，才义无反顾以死殉国的！"

听夏完淳说到这儿，两旁的衙役脸色大变，洪承畴心里也咯噔一下，自从开始主持江南一带的招抚工作，他这还是第一次受这样的羞辱。这时候的洪承畴，面对夏完淳满腔的浩然正气，更加心虚了。

旁边的一个衙役，真的以为夏完淳不认识洪承畴，厉声喝道："上面审你的，正是洪承畴大人！"

夏完淳轻蔑地一笑："别骗我了！你以为我不知道，洪承畴大人战死已经很久了。当时崇祯皇帝还曾经亲自参加祭祀，在祭祀的时候，难过得泣不成声，满朝文武都跟着痛哭流涕。你们这些逆贼败类，竟然假装忠烈，冒充堂堂的洪承畴大人，真是狗贼！”

原来，洪承畴本来是明朝重臣，位高权重。当年他带兵在松山败给清军之后，朝野大震，都以为洪承畴必死无疑。崇祯皇帝十分悲伤，为他罢朝三日，并亲自主持祭祀。正在这时，消息传来，洪承畴投降了清朝，做了叛徒。还没有进行完的祭祀，也就此中止了。

夏氏父子墓坐落在上海市松江区小昆山镇荡湾村北开阔的田野中，陈毅同志于1961年亲笔题写的“夏允彝、夏完淳父子之墓”十个行楷大字，字字有神，体现了陈老总对这两位民族英雄的敬仰和推崇。

洪承畴这时候已经是面如死灰，夏完淳的每一句话，都像是尖利的刀子扎在他的内心深处。面对这个少年，他居然哑口无言，一时不知道怎样还口。

经过长久的沉默，洪承畴终于有气无力地挥挥手，放弃了劝降，命令衙役把夏完淳带走。夏完淳在狱中被关押了八十天，写出了许多感人至深的诗篇和书信，最后英勇就义。夏完淳的不屈意志和无畏精神，一直被后人铭记。

这个故事出自《东山国语》和《夏内史集》。

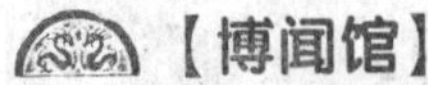【博闻馆】

夏完淳的文学创作

夏完淳在世只有十七年，但他在明末文坛上却有着不可磨灭的光辉。夏完淳短暂的一生中，著有赋十二篇、各体诗三百三十七首、词四十一首、曲四首、文十二篇。

夏完淳在作品中表达了誓死抵抗清军、光复明朝的坚定决心。虽然明朝国土沦陷，但是诗人依然心怀故国、志在南归。尤其可贵的是，在艰难困苦的境遇中，夏完淳始终保持着积极乐观的精神。如“万里飞腾仍有路，莫愁四海正风尘”“英雄生死路，却似壮游时”等诗句，都体现了他斗志昂扬的乐观主义精神。他的诗作中还抒发了沉痛的亡国悲叹。可谓“处处山河泪，篇篇烈士心”。

此外，夏完淳还在作品中歌颂为国捐躯的烈士，哀悼在抗清过程中牺牲的师友。《六哀》《六君咏》《细林野哭》《吴江野哭》等作品，都属于这一类。其中有很多诗非常精彩，感人至深。数百年后，仍能让读者深深为之动容。

左宗棠抬棺而战

清同治六年（1867 年），阿古柏在新疆自立为王，宣布独立。沙皇俄国也趁机占领伊犁，英国等西方列强都对中国大西北虎视眈眈，百万平方公里的新疆眼看就要从中国版图上消失了。

面对这种形势，朝廷有两种不同的声音，这两种声音的代表人物分别是李鸿章和左宗棠。李鸿章主张放弃新疆，而左宗棠则坚决维护国家主权和领土完整，主张收复新疆。一日早朝，李鸿章向慈禧太后上奏：“新疆是一块蛮荒之地，土地贫瘠，人烟稀少，为了这样一个地方，耗费这么多人力物力，实在是得不偿失啊。”

左宗棠像

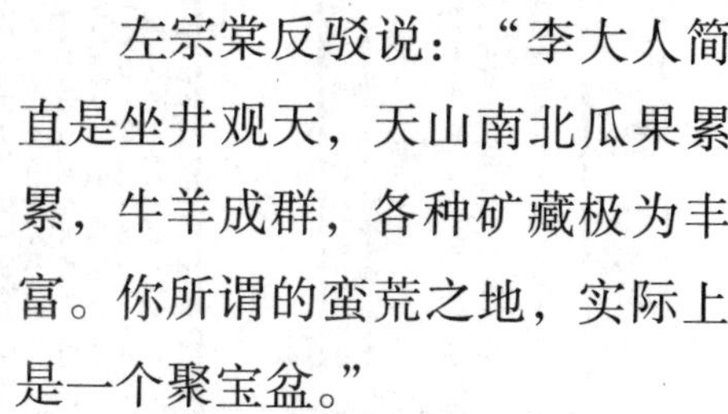

左宗棠反驳说：“李大人简直是坐井观天，天山南北瓜果累累，牛羊成群，各种矿藏极为丰富。你所谓的蛮荒之地，实际上是一个聚宝盆。”

左宗棠又说：“新疆自古以来就是我国的领土，况且它又是西部的战略要地，一旦失守，俄国人就会肆无忌惮地蚕食大清西部的疆域，到时，我大清国将永无宁日！若是我们一味地退让，敌人就会得寸进尺。”

左宗棠认为，收复新疆势在必行，不管胜负，都要和敌人一战到底。若是新疆就这样拱手让给别人，那我辈岂不成了中华民族的千古罪人？

朝廷最终任命左宗棠为钦差大臣，管理新疆军务。到任后，左宗棠马上进军新疆。在大军开拔之际，他叫人抬出一副棺木来，对众将士说：“今天我抬出这副棺木来，是想告诉大家，大丈夫不求光耀后世，只求战死沙场、马革裹尸，况且我们这是为国征战。我若战死，请众将士将我的尸体装殓进这副棺材里！”

左宗棠话一说完，众将士发出山呼海啸般的喊杀声，士气大振。队伍行进过程中，这副棺木被抬在最前面。

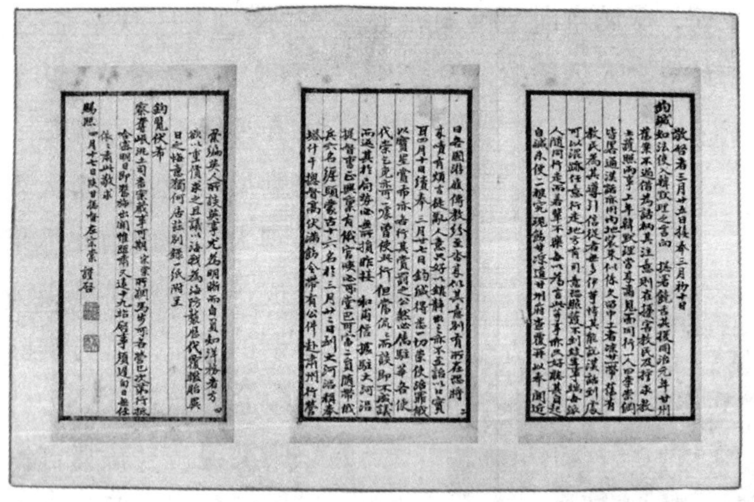

左宗棠公文稿本

1864年，新疆农民起义爆发，外国侵略者借机分裂新疆，派遣大量间谍伪装成传教士刺探情报。此公文即是当时左宗棠就间谍问题与其他官员交流的来往公文底稿。全稿字体俊逸，笔画舒展，极具研究价值。

此时的左宗棠已经六十四岁高龄了，而且身体还有病。但他踌躇满志，一心要收复新疆。路过玉门关的时候，他说："壮士出征，应志气高昂，即使是到了边疆大漠也是如此。我虽然老了，但面对国家民族大业，还心怀壮志，这就足够了。"

左宗棠到达新疆之后，根据新疆的地理特征和敌我力量，制定了一系列的作战计划，采取步步为营的战略方针，稳步进军，不到两年时间，就打败了阿古柏叛军。每一次征战，左宗棠都抬着那副盛着他誓死之心的棺木，仿佛这副棺木给了他无穷的力量，让他的军队势如破竹。不仅如此，这副棺木还见证了他与沙皇俄国谈判后收复伊犁的光辉时刻。

最终，左宗棠收复了占我国领土六分之一的新疆。这不仅仅是他个人的荣耀，更是国家民族的荣耀。

【博闻馆】

林则徐慧眼识珠

这颗"珠"当然指的是左宗棠。一天夜里，三十七岁的左宗棠去见林则徐，由于心情激动，一脚踩空，落入水中，左宗棠变成了一只落汤鸡。可林则徐一看到左宗棠，就激动地对他说："我已经老了，空有抵御沙皇俄国的雄心，却没有力气了，我这么多年来一直在找一个能担此大任的人，你就是我要找的那个人。"说着，把自己在新疆整理的资料和绘制的地图都交给了左宗棠。果然，几年之后，左宗棠西征平定新疆的叛乱，就带上了这些资料和地图。

邓世昌海战

19岁的邓世昌，怀着强烈的报国之志和满腔热血考入福州船政学堂，学习航海技术。在这期间，他跟随着大清的舰船走遍了南洋各岛，积累了丰富的航海经验。1875年，日本入侵宝岛台湾，邓世昌奉命驻守台湾要塞，积极布防守备。那时候的邓世昌已看出了日本人的野心，他说：“倭国（日本）是虎狼之国，不久之后与我国一定会有一场大战，我们一定要搞好军事训练，抵抗倭国入侵。”

光阴似箭，十多年过去了，邓世昌奉命远赴万里之外的英国，接收清政府向英国和德国订造的四艘巡洋舰。邓世昌指挥海军这四艘巡洋舰，从北大西洋经过地中海、苏伊士运河、印度洋和西太平洋返回国内，创造了中国航海史上的新纪录。在归国途中，邓世昌还演练了各种海上作战技术。第二年，北洋海军正式组建。邓世昌积极训练海军。他在训练中常常对将士们说：“人谁无死？但愿我们死得其所！”

邓世昌像

1894年，中日甲午战争爆发。身为“致远”舰舰长的邓世昌奋勇作战，他多次表示自己誓死保卫祖国的决心：“如果在海上遇到日本军舰，敌强我弱，我愿意同它一起沉入大海！”在那次著名的黄海海战中，邓世昌率领的“致远”号巡洋舰与日舰相遇。在北洋海军所有的舰船中，“致远”号战斗最英勇，它前后的火炮一起开火，命中率极高，击伤多艘日本军舰。

然而，日本海军的实力终究更为强大。在激战中，大清战舰的旗舰（指挥舰，海上舰艇编队的指挥所）被击伤，大旗被击落。于是，邓世昌主动在“致远”号上挂上大旗，吸引日舰的注意力。日舰一拥而上，将“致远”号团团围住。在日舰猛烈炮火的围攻下，“致远”号船身着火，舰船倾斜。可邓世昌仍然坚持抵抗，他鼓励全舰将士说：“从军保卫祖国，我们早已经将生死置之度外，今天就是报效祖国的时刻，战死方休！”

“致远”号巡洋舰

与“靖远”号属同级防护巡洋舰，英国阿姆斯特朗公司建造，造价84万5千两白银，1887年完工，当年11月回国。舰长76.2米，舰宽11.58米，吃水4.57米，排水量2300吨，为北洋水师中航速最快的战舰，全舰编制204～260人，管带（舰长）为副将衔。

这时，日军主力舰“吉野”号向“致远”号驶来，打算给“致远”号最后一击。邓世昌抖擞精神说：“日本舰队都是仗着吉野号的威风，如果我们把吉野号击沉了，就会重挫日本舰队的士气，到时就可以击退所有日舰。”他鼓励将士们说：“我们就是死，也要死出中国军队的威风和气节来，向前冲啊！”于是，邓世昌指挥“致远”号全速向“吉野”号右舷撞去。

“吉野”号上的日本军官看到这种情况都大惊失色，他们集中火力向“致远”号射击，不幸的是，有一枚炮弹击中了“致远”号的鱼雷管，导致其中的鱼雷爆炸，“致远”号沉没。邓世昌坠入海中，随从给他扔下救生圈，可邓世昌拒绝说：“我立志杀敌报国，今天死于海战，为国捐躯，死得其所，为什么还要求生呢？”这时，他的爱犬跳入海中，飞速游到他身边，衔住他的衣服，使他不至于下沉。可邓世昌看见他的部下都没有生还，他毅然将自己的爱犬按入水中，和它一起沉入大海。牺牲之时，邓世昌年仅 45 岁。

【博闻馆】

邓世昌牺牲之后

邓世昌壮烈牺牲后，举国震惊，光绪皇帝垂泪为他写下挽联“此日漫挥天下泪，有公足壮海军威”，赐他“壮节公”的谥号，并亲笔撰写碑文和祭文各一篇，表达对这位爱国志士的崇敬之心。山东威海的百姓为了纪念他，在甲午中日战争后的几年里，在成山上为邓世昌塑像并修建祠堂。邓世昌殉国百年之后，中国海军特意把一艘新式远洋综合训练舰命名为“世昌”舰，以示纪念。

孝篇

孝心是最好的医药

王子姬发跪在父亲周文王的床边，把柔软的巾帕浸泡在温水里，拧干，轻轻为父亲擦拭着脸颊，并说："药已经熬好了，一会儿您就可以吃了。"

三天前，听说父亲病倒，姬发就放下所有的事情，立刻赶到父亲身边，悉心照料。周文王这一次病得十分厉害，姬发非常担忧，日夜陪伴在父亲身边。白天给父亲煎药、喂饭、擦拭身体，所有这一切都是他亲自完成，不让奴婢来做。姬发担心父亲的病情有变化，夜里不敢休息，伺候在一旁略略打几个盹，连帽子上的带子都顾不上解开。

周文王看着儿子如此操劳，虽然十分欣慰，但是也希望儿子能休息一会儿，于是说道："这些事情交给奴婢去做就可以了，你没有必要亲自动手，去休息一下吧。"

"交给奴婢做，我怎么能放心？儿子自己来做，还担心做不周全呢。父亲只管好好养病。药熬好了，我已经放在那边晾了一会儿，请父亲服药。"姬发端起药汤，却并没有直接给父亲，而是自己先尝了尝，确定这汤药不烫也不凉，才放心地送到父亲嘴边，服侍父亲把药喝完。

身边的奴婢悄悄提醒姬发："晚饭已经备好了，吃一点吧，您已经一天没有吃饭了。"

"知道了。"姬发放好盛汤药的碗，回到床边，轻声问父亲："父亲，晚上有没有胃口吃饭呢？"

周文王轻轻摇头："刚刚喝完药，觉得很疲惫，现在只想安静地休息一下，还是吃不下饭。"

"明天就会好起来的，父亲安心休息。我就在您身边，有什么需要，您尽管吩咐。"姬发站起身走到外边，看到婢女端来了丰盛的饭菜，他摆摆手，说道："父亲病重，一天都没有吃饭了。纵然有这些美味佳肴，我在这个时候，哪有什么心情享用呢？还是撤下去吧。只要父亲吃一餐，我就陪侍一餐，如果父亲不吃，我也就不吃了。"

一旁来探望周文王的大臣，这时候也劝姬发："您也要保重身体啊。"姬发谢过大臣的好意，说："我的身体是父母亲给我的，我怎么能吝惜自己而忘记父母的恩德呢？小的时候我在父母亲的怀抱中长大，父母对我的付出，远远比我现在几天几夜吃不好睡不好要多得多。这次父亲的病非同寻常，我一定要时刻守在父亲身边。如果因为我的疏忽导致父亲病情加重，我是无论如何不能安心的。"

就这样，姬发侍奉父亲，十二天没有离开，直到周文王病愈。姬发的至诚孝行，一时传遍天下。

当然，姬发对父亲的孝心，不仅仅体现在他在生活中对父母细心的照料，还体现在他继承了父亲的品行和事业，并发扬光大。姬发后来继承王位成为周武王。商纣王无道，周武王一统天下，他和弟弟周公姬旦一起励精图治，使周朝天下大治。而这些丰功伟业，都离不开姬发的至孝之心和大孝之行。姬发也成为古代孝子的典范，孔子赞其为"达孝"。

这个故事出自《礼记·文王世子》。

【博闻馆】

周公善待殷人

周武王的弟弟姬旦被尊称为“周公”，他辅佐周武王，为周朝做出了重要贡献，他同时也是孔子最为推崇的古圣先贤之一。

周公像

当年商朝被推翻之后，如何处置殷商遗民和旧贵族，周武王一时拿不定主意。他首先找来太公姜尚询问，姜尚说：“我听说，爱屋及乌。如果正好相反，人不值得爱，那么村落中的篱笆围墙也不必保留。”暗示周武王把殷人全部杀掉。周武王觉得不妥，又找来弟弟召(shào)公商量，召公说道：“有罪的杀掉，没有罪的留下。”周武王还是觉得不合适，最后向周公询问，周公建议：“让殷人在他们原来的住处安居，并让他们耕种原来的土地。争取殷人当中有仁德的人支持拥护我们。”周武王听到周公的建议，十分赞赏并立刻采纳。周公并没有因为灭掉了殷商，就杀光殷商的人民，而是就地安置，善待他们，这表现出周公的宽厚仁德。

郯子取鹿乳

郯（tán）子，是春秋时期的鲁国贤人。由于生活困苦，他从小就体会到了父母的艰辛，并懂得孝顺父母，这使父母很欣慰。岁月不饶人，父母一天天老去，郯子一天天长大。在成长的岁月中，郯子渐渐明白了人生中的生老病死，而且没有人可以逃避。他看着年迈的父母，越发觉得父母一生的不易，于是更加珍惜和父母在一起的每时每刻。

有一天，两位老人突然得了眼病，眼睛快要瞎了。几乎双目失明的两位老人，他们的内心会是一种怎样的绝望啊！他们终日愁叹，脸上的皱纹又加深了许多，他们觉得人生似乎走到了尽头。郯子把这一切都看在眼里，他比自己的父母还感到痛心，但是他不能在父母面前伤心流泪，因为这会让他们更加绝望。他总是安慰父母，让他们看到希望，他说他一定能找到一个好大夫治好他们的病。

他一边精心照料父母，一边寻医问药，郯子成了父母活下去的唯一希望。渐渐地，父母的心情好了许多，生活的希望又重新燃了起来。一天，父母和郯子聊天："听说鹿乳可以治眼病，不知道见不见效，我们想试试。"

"真的吗？"郯子惊喜地问道。

"只是鹿乳很难得到，鹿是不会轻易让人挤乳汁的。"父母拉家常似的说道。

“我有办法!”郯子高兴地说。他已经打定主意：披上鹿皮，把自己打扮成一只小鹿，然后钻进深山，寻找鹿乳。

为了尽快拿到鹿乳，治好父母的眼疾，他非常认真地装扮自己，连小鹿的姿势和动作都模仿得非常逼真。等他找到鹿群，还真没有引起鹿群的怀疑。他就这样像小鹿一样，走到一只母鹿身边，小心翼翼地取到了鹿乳。“父母的眼疾终于可以治好了!”郯子在心里兴奋地说。内心的喜悦竟然让郯子忘记卸下身上的装扮，他忘记了可以直起身子走了。他捧着鹿乳飞快地向家中跑去，恨不得让父母马上就能吃到鹿乳。

就在这时，有一群猎人出现在山林中。他们突然看见一只小鹿，谁都没认出来是人装扮的，有人举起箭就要射。就在千钧一发之际，郯子急忙停下脚步，站直身子，大声喊道：“是我，我不是鹿，我是人!”猎人们都很惊讶，赶紧收好箭，都问他为什么打扮成这个样子。

郯子解释说：“我父母都双目失明，听说鹿乳可以治好这病，我就打扮成小鹿的样子来取鹿乳。一高兴我就忘记取下原来的装束了，让你们误会了。”

猎人们听闻后，为郯子的孝行所感动，甚至都忘记责怪他了。他们都称赞他是一个孝子，为了父母，不顾生命安危进入深山，令人敬佩。郯子顾不得多说，他急忙赶回家中，让父母喝下鹿乳，果然，父母的眼睛又复明了。

后来，郯子成为了一个贤明的国君。

这个故事出自《二十四孝》。

【博闻馆】

“郯国”的历史

郯子是郯国的第一任君主。郯国的历史最早可以追溯到商代的炎国，到了春秋时代才演化为郯国。秦朝时，设郯县、郯郡，汉代时，改郯郡为东海郡。到了元代，开始称郯城县。现在，郯城是山东省境内的县级市。关于郯子孝行的佳话一直在郯城县保存和流传着，孝文化也深深地扎根于此。据说，在郯城县某村里，有一棵“老神树”，号称“华夏银杏第一雄树”，历经三千年，仍然枝繁叶茂，成了郯城县孝文化的象征。

华夏银杏第一雄树：3000岁银杏雄树在郯城县新村乡银杏古梅园内。这是一株据传植于周朝时的古银杏雄树，也是全国最大的银杏雄树。尽管历尽沧桑，这棵树还是劲秀挺拔，蓊蓊郁郁，堪称奇迹。

闵子骞的芦花衣

一阵寒风吹来，吹落了树枝上残存的几片叶子，闵（mǐn）子骞感觉这风冷嗖嗖的，冷风预示着鲁国的冬天马上就要到了。

“父亲，您这次外出要一个多月，闵子骞不能照顾您，父亲要自己多注意保重身体才好。”

“我知道了，你在家里一定要听母亲的话，不可以违逆母亲。上次你母亲说你最近好像做事偷懒，拖拖拉拉，还找借口推脱。虽然她是你的后母，你也应该把她当成亲生母亲侍奉，不然，邻居们都要笑话的。”

闵子骞点点头，目送父亲的马车离开，转身看见隔壁邻居家的小伙伴。

“我刚才来找你，看到你在送伯父，就躲在巷子那边了。听你父亲说话，真是替你着急！”

“这就奇怪了，你替我着什么急呢？”

“我当然是为你抱不平了！肯定是你后母跟你父亲说你坏话了吧？事情根本不是你父亲说的那样。你那两个弟弟，因为是后母亲生的，总有好吃的好喝的，可是你都是吃弟弟剩下的。每天天不亮，你后母就吩咐你去干活，不管你多尽力，后母还是嫌你偷懒拖拉，动不动就打骂。还有，你后母总是在你父亲面前说你的坏话，你就应该跟你后母对着干，看她还怎么欺负你！”

闵子骞的脸上毫无委屈的神色，他说："我母亲临去世的时候，让我照顾好父亲。现在后母虽然对我差些，但是对父亲，她还是尽心尽力的。只要父亲没有受委屈，我辛苦一点又算什么呢？"

不久，这个冬天的第一场大雪降临了，眼看到了一年当中最冷的时候。新年将至，父亲也快回来了，闵子骞侍奉后母、照顾弟弟比以往更加勤勉了。

又是一个清冷的早晨，很多人还在暖和的被窝中时，闵子骞就被后母使唤出去劈柴。后母对两个亲生儿子说："快要过年了，你们都有新棉衣了。快看，我昨天晚上赶着做出来的，穿上试试，合不合适？"

两个孩子穿上温暖的新棉衣，高兴地在房间里蹦蹦跳跳，天真的小弟弟突然问母亲："那哥哥有没有棉衣呢？"

母亲脸色一沉，指着床上的另外一件蓬松的衣服，说："当然有，那不就是么。"大弟弟拿起衣服翻来覆去看了一阵，说："母亲，哥哥的衣服比我们的还厚啊。"

"小孩子懂什么？我当然最疼你们了。你们的衣服里，都是暖和的棉花，而这件蓬松的衣服里是不保暖的芦花。出去不许告诉别人，别让人家笑话。去把你哥哥叫回来穿新衣服。今天你父亲回来，你们去接他。"

父亲在回家的路上看到久违的家人，十分高兴。他把两个小儿子抱在怀里，吩咐闵子骞驾车。闵子骞穿着芦花"棉衣"，冻得瑟瑟发抖。虽然他努力地想抓住缰绳，可还是掉落了几次，车子也因此左右乱晃，小弟弟吓得哭了起来。父亲非常生气，大声斥责闵子骞："你是怎么赶的马车？穿得这么厚，难道还冷吗？”

闵子骞想控制住马匹，但因为芦花不保暖，一直在发抖的他再一次掉落了缰绳。父亲看到他冻得脸色煞白，嘴唇发青，摸了摸他身上的衣服，发现衣服虽然蓬松，但是很单薄。他撕开了闵子骞的“棉衣”，芦花飘了出来。父亲又撕开两个弟弟的衣服，里面都是厚厚的暖和的棉花。父亲知道后母虐待了闵子骞，勃然大怒。

一回到家，父亲就要把后母赶出家门。后母知道事情败露，惊惧不已，哭了起来。闵子骞立刻跪在父亲面前，恳切地说：“母亲虽然对闵子骞不好，但是却尽心尽力地侍奉父亲。母亲如果在家，两个孩子至少还都有母亲，只有我一个人受冻。可是如果母亲走了，家庭就要破裂，三个孩子都要挨冻受饿啊。请父亲三思！”

后母没想到，在这个时候闵子骞还会替自己求情，她羞愧难当，跪在丈夫面前，说从前自己做错了，从今以后，一定把闵子骞当作自己亲生孩子一样看待。看到后母改过的态度和闵子骞求情，父亲终于原谅了后母。后母从此果然对闵子骞就像是自己的孩子一样，一家人又和睦地生活在一起。

虽然后母虐待闵子骞，父亲也曾误解闵子骞，但是闵子骞对父母毫无怨言，默默付出。他的一片至诚孝心，最终感动了后母，保全了一个即将破碎的家庭。

这个故事出自《说苑》。

【博闻馆】

淡泊名利的闵子骞

闵损，字子骞，春秋时期鲁国人，是孔子最得意的学生之一。

闵子骞一心向学，淡薄名利。当时鲁国的卿大夫季桓子把持朝政，他赏识闵子骞的学问，想让他做费城宰，管理费地。开始闵子骞不愿意，因为他认为季桓子僭越礼制，不愿意为季桓子做官。于是闵子骞告诉季桓子派来的使者说："请为我辞去这个职务吧，如果再来找我，那么我就要去汶水之北了。"

闵子骞像

后来经过孔子的劝说，闵子骞还是做了费城宰，并且把家搬到了那里。他的后代在费县汪沟镇的一个村庄继续繁衍，形成了现在的闵家寨。闵子骞做官很有成绩，但因为看不惯季氏的作为，最后还是毅然辞职，放弃了官位和俸禄，跟随孔子游学去了。在闵子骞看来，名利并不是最重要的，而德行学问永远是他最高的追求。

老莱子学小儿

一个开阔的小院中，坐着三位老人，其中两位老人看起来年龄已经很大了，头发白得像雪一样，脸上满是皱纹，牙齿也掉得没剩几颗了。另一位老人看起来稍微年轻些，不过看那花白的头发，手臂挥动时颤颤巍巍的样子，只怕也快七十岁了。

这三位老人坐在一起聊天，天色渐渐地暗了下去，其中年长的一个老人说着说着，忽然掉下眼泪来，他看着快要落山的夕阳，长叹道："人生不过百年，我们都这么大年纪了，说不定哪一天就像这太阳一样，落下山去，到时候我们埋在土里，什么都不知道了。想一想都觉得可怕啊。"另外一个老婆婆听了，也流泪了。年轻一点的老人不知道说什么好，看着两位老人的悲伤样子，他心中十分难过，于是吃力地站起身，走回屋中拿出一个鸟笼。鸟笼中有一只八哥，八哥蹦蹦跳跳个不停，年轻些的老人强作笑颜，逗着八哥给另外两位老人看，他说一句话，八哥就学一句。那两位老人看见可爱的八哥，心情好了很多，也就忘记了刚才的话题。

这年轻些的老人就是老莱子，而另外两位老人则是他年迈的父母。老莱子是春秋时期楚国的隐士，因为当时天下动荡不安，诸侯互相征伐，战争不断，老莱子就带着父母到蒙山这个地方躲避战乱，过起了隐居生活。隐居的生活平静安乐，老莱子极为孝顺，虽然他自己也上了年纪，行动不便，但是为了照顾父母，他仍然忙里忙外。每天天还没亮，老莱子就起床为父母准备早饭，没事的时候就陪在父母身旁，和他们聊天解闷。他的父母最害怕的就是年老将死，所以老莱子和他们说话，从来都不说自己老，甚至都不提“老”这个字。他为了让父母不无聊，费尽心思捉来了一只八哥，每天逗鸟给父母看。

可是时间一长，老莱子的父母就对八哥没什么兴趣了，看着儿子都一大把年纪了，他们又开始长吁短叹起来。老莱子看在眼里，急在心头：父母这么大年纪了，怎么能让他们每天忧愁呢？他干活的时候也想，睡觉的时候也想，终于有一天，想出了一个好主意：如果我穿上鲜艳的衣服，学孩子的神态动作，这样父母就不会觉得我老了吧？

这一天，老莱子的父母照常起床，等到老莱子端来早饭的时候，他们忽然眼前一亮。只见老莱子穿着五彩斑斓的衣服、花花绿绿的裤子，最有趣的是他走起路来还蹦蹦跳跳的，像孩子一样摇着头，一下子好像年轻了好几十岁。老莱子的父亲问他说：“你今天为什么穿成这个样子啊？”老莱子回答说：“我这样穿是为了让父亲知道，我其实并没有

白玉老莱子像

《说文解字》中解释“孝”字为“善事父母者，从老省，从子，子承老也”。父母的快乐就是他的快乐。

老，而且就算年老了，也一样可以有颗年轻的心，过着快乐的生活啊！”老莱子的父母看了以后，非常高兴，也明白了儿子的苦心，再也不轻易地唉声叹气了。

老莱子就这样穿着亮丽的衣服，装作小孩的样子，在父母身边哄他们开心。一次，老莱子从外面提着两桶水进屋，由于水桶很重，他的年纪也大，力气大不如前，一不留神，竟然滑倒在地。两桶水哗地一下，全都浇在了老莱子的身上，他的父母看见以后，十分心疼，互相搀扶着赶过来，想要把他扶起来。老莱子不忍心见父母难过，竟然装作小孩似的大声哭闹起来，一边哭一边还在地上打滚，直滚得满身都是泥水。老莱子的父母当然知道这又是儿子在哄他们呢，可是看见此情此景，还是忍不住哈哈大笑起来。

老莱子为了让父母高兴，竟然装作小儿，他的父母逢人就夸赞他的孝心，从此以后，他的孝行广为流传。

这个故事出自《艺文类聚·孝引列女传》。

【博闻馆】

老莱子之妻

老莱子曾经写过十五篇《老莱子》，他的言论孔子听了都很佩服。他对待父母十分孝顺，此外，他还有一位品性高洁的妻子。由于战乱不休，老莱子隐居在蒙山之南，他并不追求舒适的房屋，也并不在乎可口的食物。他砍下山中的树木做成屋子，用野草编成席子，喝的是流淌的泉水，吃的则是自己种出的粮食。老莱子和妻子都安于这样的生活，他的好名声也传了出去。一天，楚王忽然派人请他出山做官，老莱子十分惊讶，一时不知道怎么回绝，就含含糊糊地答应了。他的妻子从外面回来，知道了这件事情，就问他："你是不是答应了楚王？"老莱子点了点头，说："是啊。"妻子听了后，十分生气地说："如果你接受了酒肉，那么就要任由主上鞭打，如果接受了官禄，那么你就可能随时会被杀害，我可不想受这样的制约。"说完，她转身离开了。老莱子听了以后，若有所思，追上妻子说："我懂得这个道理了。鸟兽的毛皮可以做成衣服，它们遗落下来的粮食也可以作为食物，所以，我决定继续隐居，不会出去做官了。"他的妻子这才转怒为喜。他们一同隐居在山林中，但德行却传扬了开来，人们纷纷搬来和他们做邻居，没到三年，他们家附近已经形成一个小村庄了。

子路负米

子路早晨服侍父母吃过了早饭，就来到山里找食物。转了一整天，汗流浃背，还是只找到了些野果野菜。眼看太阳已经西下，家里父母还在等着他，子路非常懊恼，但也没有办法，只好背上野菜回家。

因为家境贫寒，子路家经常吃不饱饭，很多时候，只能靠采一些野菜充饥。随着子路渐渐长大，父母也逐渐变老，家庭的负担落在了子路肩上。回到家的子路问候过父母，虽然自己又累又饿，但是依然没有休息片刻。他一边做着饭，一边暗暗思量：今天已经连续第三天吃野菜了，我吃野菜可以，可是这样下去，怎么能保证父母身体健康呢？父亲母亲辛苦把我养大，现在他们老了，需要我来照顾，我一定要让他们安度晚年，不能受一点委屈。

可是最近的能找到米的地方，也在一百里之外。一百里路，走一个来回，已经很累了，更何况还背着米。子路看看锅里的野菜，想到年迈的父母，暗下决心：不管走多远的路，明天一定要给父母背来米。

第二天一大早，子路早早起来，安排好家务，做好了早饭，就出门了。担心父母不会同意他走一百里去背米，所以子路今天只是说要去找食物，对背米的事只字未提。

偏偏这天特别热，太阳高挂在空中，一丝风没有，走了没多久，子路已经汗流浃背了。到了中午的时候，子路终于找到了米。这米真沉啊，子路虽然长得高大健壮，但是一上午紧赶慢赶，还是又累又渴。不过他一刻也不敢耽误，恐怕回去晚了父母担心，一咬牙，背上米就往家里走。

天色渐渐暗下来，望望前面的路，家还很远。“天黑之前，无论如何也要赶到家，让父母吃上米饭。”子路这样想着，虽然双腿像灌了铅一样沉重，他还是加快了脚步。

父母看到子路背着米袋回到家里，十分惊讶，同时也被儿子的一片孝心感动了。母亲心疼地说：“累坏了吧？”

子路没有露出一点疲倦的神色，看到父母有粮食吃，不用再吃野菜，他心里充满了喜悦，说：“这是儿子分内的事。”

就这样，子路经常到百里之外给父母亲背米。几年后，子路的父母去世了。由于子路的德行和学问都很好，当他游历到楚国的时候，楚王非常赏识他，让他做了楚国的大官。

这时候子路的境遇和从前大不相同了。他每次出游，都有一百多辆车跟在后面，他家里存储的谷米有万钟之多。每到吃饭的时候，都有美味佳肴摆在面前。可是子路却总是闷闷不乐。

别人问他：“你现在的生活条件这么好，再也不用像从前那样饥一顿饱一顿了，你怎么反而不高兴了呢？”子路叹了一口气，说：“我想要报答父母的恩德，而真正和父母在一起、侍奉父母的时间，又是那么短！从前虽然没有这些山珍海味，但是能为父母做事，即使是吃野菜，我心里也是宽慰的。而现在，父母都已经不在了，想要和父母一起吃野菜，再也不可能了。这些佳肴摆在这里，我又有什么心情吃呢？”孔子因此称赞子路：“子路侍奉父母，父母在世的时候尽心尽力，父母去世之后，仍然时刻追思啊。”

这个故事出自《二十四孝》。

【博闻馆】

孔子循循善诱引导子路

子路最初见到孔子的时候，并没有学习过礼仪，生性不爱修饰，十分粗鲁，又爱好勇力。但是孔子却看到这个学生粗鲁的外表之下，有一颗耿直勇敢的心。孔子没有因为他的一些坏习惯就放弃他，而是在学习的过程中慢慢引导他。

一天，子路问孔子：“南山有一种竹子，不经过加工就非常笔直，削尖了之后射出去，能穿透很厚的犀牛皮。既然这样，为什么要学习呢?”子路借这个比喻诘难孔子，如果天分很好，为什么还要勤奋学礼。孔子答道：“如果在箭的尾部安上羽毛，并且把箭头打磨得更尖锐，射出去不是能射得更远更深吗?”孔子也顺势通过比喻的方式劝导子路，如果良好的天分加上后天礼乐的教化，就能更好地发挥长处，让一个人有更大的成就。

子路由此受教，虚心向孔子学习，最终成了孔子的得意弟子之一。孔子曾经给予子路相当高的评价：“拥有一千辆兵车的大国，可以让子路去治理兵赋。”这是夸赞子路在自身天资的基础上，通过学习成就了自己。

曾参为母痛心

据说儒家的圣人孔子收了三千门徒，其中出类拔萃的有七十二人，这七十二人每人都有渊博的学问和高尚的品质，而曾参则是这七十二弟子中最优秀的人之一。孔子对曾参很是赞赏，教给他很多知识和做人的道理。曾参勤奋好学，在孔子的指导下成为了一个真正的君子，他待人有礼，谦虚谨慎，侍奉父母极为孝顺。

曾参的家境并不是很好，但他对父母的照顾无微不至，父母想吃什么想做什么他都能提前想到，不让年迈的他们吃一点苦。曾参的父亲名叫曾点，也是孔子的得意弟子之一。曾点很喜欢吃肉，也喜欢饮酒。家里并没有太多的钱去买酒肉，曾参就不顾辛苦，每天天不亮就上山打柴，到了晚上才下山，用砍下的柴换来酒肉孝敬父亲。曾点十分感动，儿子每天打柴回来后都累得满头大汗，桌上的酒肉却一天也没有断过。后来曾点去世了，曾参痛哭不止，一连几天茶饭不思。曾点生前最爱吃羊枣，曾参从此之后再不吃羊枣，以此来纪念父亲。

父亲去世后，母亲成了曾参唯一的牵挂，他对母亲百依百顺，唯恐不合母亲的心意。他时常揣摩母亲的心思，久而久之，母亲想做什么，经常还没等开口，他就已经为她做好了。这一天，曾参照常去山上砍柴，留母亲一个人守候在家。由于刚下过雨，上山的路又湿又滑，很不好走，曾参背着大竹筐，手中拿着斧头，走得很小心，生怕滑倒后从山上滚下去。即使一个人走在荒凉的山路上，他也不觉得害怕或者苦恼，一想到砍柴后可以再换取一些粮食，心中反而觉得平静快乐。

一场大雨过后，山上的树木长得更快了，能砍下的木柴也更多了，曾参一边擦汗，一边不停地用斧子砍柴。快到中午了，木柴已经砍了有大半筐，曾参的胳膊也酸痛起来，于是他坐在一块大石头上休息。他时常在休息的时候反省自己，回想自己有没有什么地方做得不好而自己没有察觉。他想着想着，忽然觉得自己的心好像刺痛了一下，他开始没有理会，过了没一会儿，觉得心更疼了，就像一根针狠狠地扎进去了一样。曾参忽然想到，之前母亲做饭割伤手指时，他的心也曾经这样痛过，会不会是母亲出了什么事？曾参一下子跳起来，背起竹筐就向山下跑去。山路上到处都是积水，可这时他也顾不上会滑倒，一心记挂着母亲，虽然一连摔了好几次，还是加紧往前跑。好不容易跑到山下，他才发现竹筐里的木柴散失了大半，斧头也忘在了山上。可现在已经顾不得这些了，他急急忙忙地冲进了屋里。

曾参的母亲正在家里急得团团转，看见曾参回来，才松了一口气。原来就在曾参出门不久，家中来了一位客人，这位客人远道而来还没有吃饭。曾参的母亲年纪大了，腿脚不太灵便，不能做饭招待客人。客人到家中，如果不好好招待，那是失礼的行为，曾参的母亲盼望儿子早点回来，可是左等不回右等不回，她就着急地咬起了手指，一不小心将手指咬破了。曾参对母亲说："正是因为您咬破了手指，我的心才因此疼痛起来，这才匆忙赶了回来啊。”那个客人因此对曾参赞叹不已，后来逢人就说这件事情，并说：“相隔那么远，还能因为母亲咬破手指而心痛，这才是真正的孝顺啊！”

这个故事出自《二十四孝》。

【博闻馆】

曾参避席

一次，曾参在孔子的身旁坐着，两人随意交谈着一些事情，说着说着，孔子忽然表情认真起来，他问曾参说：“古代贤明的君主可以使百姓和睦相处，能够与臣子之间没有什么矛盾，这是因为他们的品性高尚，而且还有精妙的道理来教导天下人，你知道这些道理是什么吗？”曾参听后，赶忙从席子上站起身来，走到席子外面。他深深鞠了一躬，说道：“弟子不够聪明，哪儿能知道这些道理，希望老师传授给我。”孔子看到曾参的表现，很满意，心想这个弟子不仅有学问，更可贵的是懂礼貌，能够起身离席向老师请教，便将这一番道理都告诉了他，使曾参受益匪浅。曾参避席的事情流传开来，后人纷纷向他学习，尊师重道也成为一种传统美德。

缇萦救父见皇帝

秋天的凉风卷着枯黄的树叶，一阵阵吹来，大树下的屋子里传出悲痛的哭声。“父亲如果被抓走了，我们该怎么办？”一个十七八岁的女孩哭哭啼啼地说道。旁边她的三个姐姐，早已经哭成一团，其中一个带着哭腔含糊不清地对她说：“父亲被抓去是要去受刑，还会回来的。”那个女孩一听，哭得更凶了，说：“那父亲回来以后不就残疾了吗？以后还如何做官呢？”躲在屋角默默哭泣的是最小的女儿缇萦（tí yíng），她一句话也没说。

她们的父亲此时正站在门口唉声叹气，听着屋内女儿们没完没了的哭声，十分烦躁。他将要被押送到长安接受砍断肢体的刑罚，可这五个女儿除了哭，却一点忙也帮不上。他越想越生气，转头冲着屋中的女儿们骂道：“女儿怎么也比不上儿子，我生下了你们五个，遇到急难的时候，你们除了哭，一点用都没有！”

这位父亲叫淳于意，是汉文帝时的一个小官，同时也是一位名医。他的医术非常高明，通常一看到病人，就知道他患了什么病，开出一个药方，没过多长时间就可以使病人痊愈。慢慢的，四面八方找他来看病的人越来越多，淳于意对待每一个病人都是那么认真，耐心细致地为他们看病，甚至对一些穷人免费诊治。就这样，淳于意的名气越来越大了，得到百姓们的称赞和爱戴。

名气一大就容易遭到别人嫉妒，和淳于意一起做官的一个人，眼红他在百姓中的好名声，就设计陷害他，向皇帝状告他贪污受贿。由于淳于意经常帮人看病，所以一些被医治好的人总会送他一些礼物表示感谢，有时候怕他拒绝就偷偷放到他的家里，可这样一来，淳于意虽然没有受贿，但有了这些礼物也就有口难辩了。于是，皇帝降罪，要给他施刑。

过了几天，从长安来的差役到了淳于意家中，准备把他押走。淳于意看了看自己的五个女儿，长叹一口气，流着泪随差役走出了家门。这时候，他那只有十三四岁的小女儿缇萦突然跑了出来，对他说："父亲说女儿没有用，可我不这么认为，我要随父亲一起去长安。"淳于意看着小女儿倔强的样子，心中很感动，就带着她一起上路了。一路上，缇萦无微不至地照顾老父亲的起居生活，让淳于意也有些后悔当初那么说话。

到了长安，淳于意被关入大牢，等着过几天行刑，而缇萦则每天为他送饭，其他时候就呆在客栈中，想着如何解救父亲。终于在父亲临受刑的前一天，缇萦鼓足了勇气，到皇宫门前求见皇帝。皇帝听说有一个十几岁的小姑娘为了救父要求见自己，觉得好奇，想听听她怎么说。缇萦如愿以偿，可面对威严的皇帝，她十分紧张，不过她一想到父亲就要遭受苦刑，便不顾一切地把心中的话都说了出来："陛下，我的父亲是淳于意，他被人告发受贿，明天就要行刑了。但其实他是冤枉的，况且就算一个人真的受贿了，让他遭受砍断肢体的刑罚，不是很残忍吗？如果这个人想要改过自新，也没有机会了啊。"说到这里，缇萦看了看面无表情的皇帝，

山东泰安岱岳区满庄镇中淳于村西南淳于意墓，又称救女坟。

满庄镇有一座“云泉庵”，庵旁有一眼山泉，据说不管天有多旱，只要天上有云，泉内便有水，十分奇特。

心里不住地打鼓，但还是接着说：“如果可以，我宁愿充入官府中做奴婢，以顶替父亲遭受的刑罚，让他能够改过自新。”皇帝听了以后，被缇萦的孝心深深打动了。他说：“你小小年纪，竟然有这份孝心。你这些话说得都很对，刑罚确实不能使人改过。”于是，皇帝下令放了淳于意，并且从此正式废除了砍断肢体这个残忍的刑罚。

淳于意走出大牢的那天，看见缇萦在门口等他，他激动地抱住了自己的小女儿，对她说：“女儿啊，你不仅救了父亲，还救了天下许多将要受刑而无法改过的人，你比许多男子汉还要出色啊！”

这个故事出自《史记·孝文本纪》。

【博闻馆】

淳于意活读书

淳于意曾经做过主管俸禄和租税的太仓长，所以又被人称做仓公。他的医术十分高明，治愈了许许多多的病人，这不仅因为他博览医书，更重要的是他会读书，能够活读书。

据说有一次齐王身边的一位医生得了重病，他服用自己炼制的五石散，结果越吃病情反而越重，于是他请来了淳于意。淳于意仔细查看了他的脉象，皱着眉沉吟了半天，问他说："你服了什么药啊?"这个医生说："我服的是五石散，古书上记载，扁鹊曾经说过，得了这种病就要服用五石散。"淳于意说："书上是这样记载的，可是你患的是内热，服用这种药会使你病情加重的。"淳于意见他不相信，又说："医书上的话是对的，可是治病却不能完全照搬，要根据具体的病情、病情的严重程度，遵照医理，才能药到病除。死读医书是没有用的。"可那个医生怎么也不听，顽固地相信书上的话，结果过了一段日子就病重而死。

淳于意所读过的医书都记在脑子里，可他在治病过程中从不照搬书上的话，而是结合实际的情况，有所变通地诊治。后来淳于意将自己行医多年所遇见的病例整理出来，形成了中国第一部医案——《诊籍》。

汉文帝为母尝药

汉文帝是一位勤政爱民的好皇帝，经常批阅奏折到半夜。这一天，文帝又在宫中处理政事，不知不觉，竟然已经过了一夜，天色渐渐明亮起来，他又累又困，就伏在几案上睡着了。等他醒来的时候，看见旁边围着几个太监宫女，神色十分慌张。“这是怎么了？发生什么事情了？”文帝坐起身，伸了一个懒腰。一个宫女小心翼翼地说：“太后娘娘病倒了。”“什么？”文帝站起身，着急地说：“母后生病了？严重不严重？你们怎么不早点告诉我！”那个宫女看着文帝着急的样子，吓得差点哭了出来：“太后娘娘今早病倒了，我们看皇上正在睡觉，不敢打扰啊。”文帝怒气冲冲地说：“母后生病，你们就应该立刻把我叫醒。”一边说着，一边急匆匆向太后的寝宫赶去。

汉文帝来到太后身边，看见太后脸色发黄、双目无神，卧在床上一动也不动，他心疼得掉下了眼泪。文帝转身问太后身边的宫女：“请太医了吗？”宫女回答：“早就去请了，太医正向这边赶呢。”文帝这才稍稍放心，拉起母亲的手，问道：“母后这是怎么了？为什么忽然患上病呢？”太后病得严重，不愿意多说话，就连握着文帝的手都在发抖。过了一会儿，太医终于赶了过来，文帝等到他为太后看了病开了药方之后，才向母亲告辞去上朝。

其实文帝的母亲以前只是个不得宠的妃子，所以文帝小时候也没有受到别人的重视，他们母子二人相依为命，感情特别深厚。太后平常身体健康，这一次突然得了重病，令文帝又担忧又着急，上朝时也有些心不在焉。可是国家大事毕竟更重要，文帝一边尽心竭力地处理政事，一边照顾母亲，累得整个人都瘦了一圈。

这一天，汉文帝上朝回来，来到母亲的住处，刚一进门，就看到盛药的碗在地上跌个粉碎，药汁洒得满地都是。文帝问："这是怎么了？"服侍太后的人都跪下说："太后娘娘觉得这回的药有些苦，又有些热，就发了脾气，将药碗扔在了地上。"文帝听了，赶忙来到母亲身边，安慰她说："母后您生了病，不要轻易发火，对身体不好。"这时候，有人又端来一碗重新熬好的药，文帝说："拿给朕，朕来喂。"他接过药碗，先尝了尝，觉得是有些苦，就命人放些糖在里面，接着他又耐心地将药汤吹凉，然后舀起一勺喂给母亲。文帝轻声地问母亲："这一回的药还热不热，难不难喝？"太后喝下药，说道："这回的药味和温度正合适。"文

望母塔

汉文帝的母亲薄太后之前并不受汉高祖宠爱，地位低微，但她培养出了一位难得的好皇帝。相传文帝为纪念母亲还建造了一座"香积寺塔"，就坐落在如今的陕西省礼泉县，当地人都称作"望母塔"。

帝随即一勺一勺地将药喂给母亲，还时不时用手绢为母亲擦拭嘴角，不一会儿太后就喝完了药。周围的宫女太监看到后都很惊讶，他们没有想到文帝会亲自为母亲尝药。太后也为儿子的孝心所感动，她慈爱地抚摸着文帝的头，脸上露出了笑容。

太后这次的病很重，虽然吃了药以后渐渐好转，但也在床上卧病三年。这三年中，文帝白天上朝，晚上就陪在母亲身旁，为她尝药，陪她聊天。他怕别人服侍得不周到，就亲自照顾母亲，经常一晚上都不合眼，更不用说脱下衣服安安稳稳地睡觉了。三年过去，太后的病终于好了。一天，汉文帝退朝回来，看见母亲已经能下床在花园中散步了，他十分高兴，晚上才睡了一个好觉。宫里宫外都对汉文帝的孝行称赞不已，他亲尝汤药的事从此传遍天下。

这个故事出自《二十四孝》。

【博闻馆】

邓通吸疮

汉文帝对母亲十分孝顺，亲自为母亲尝药，所以他对自己的子女要求也很高，希望他们都成为孝顺的人。

他有一个宠臣名叫邓通，这人懂得取悦皇上，又善于奉承拍马，所以文帝很喜欢他，甚至赏给他一座铜山允许他自己造钱，这样邓通就变得富可敌国了。一次，文帝身上生出一个毒疮（chuāng），毒疮发作时，又红又肿，流出了脓水，文帝疼得满头大汗。这时，邓通正在文帝身边，他看皇上痛苦的样子，顾不上尊卑有别，也顾不上毒疮肮脏，竟扑上前去，用嘴吸起毒疮来。他一口一口地将疮中的脓水吸了出来，脓水又苦又涩，但是邓通吸在嘴中，却不觉得恶心。文帝这时觉得好受多了，他很感动，认为邓通对自己忠心耿耿。后来太子到宫中给文帝请安，文帝对他招了招手，说："我的毒疮又犯了，你过来给我吸疮。"太子觉得恶心，但是不敢违背父亲，只好硬着头皮走了过去。他盯着难看的毒疮，强迫自己把嘴凑过去，可是还没吸上一口，竟然哇地一声吐了出来。汉文帝见状，不太高兴，他想：邓通都能为我吸疮，可是我的儿子竟然做不到，真让我心寒啊。太子诚惶诚恐地退了出去，后来他听说邓通曾为文帝吸疮，对他有些怀恨起来。等到太子登基后，就革去了邓通的职位，还没收了他的财产。

董永卖身葬父

汉朝有个大孝子，名叫董永。母亲去世得早，他和父亲相依为命。那年，为了躲避战乱，他带着父亲四处漂泊，终于找到了一个安身的地方。本想让父亲好好享福，可没过多久，父亲就得了重病，离开了人世。这让董永悲伤不已。刚刚安定下来的生活因为父亲的离世又陷入了困顿，董永甚至连一副棺材的钱都付不起。为了安葬父亲，他向地主借贷，条件是一辈子卖身为奴，做工还贷。从此以后，董永就成了地主的奴仆，没有了人身自由。

办完丧事后的一天，董永外出做工，经过一棵槐树时，突然有个美貌的女子走上前来对他说："董郎，我知道你还没有娶妻，我现在也是待嫁之身，我能否做你的妻子呢？"

董永看着这个美貌的女子，心想：我只是别人的奴仆，身无分文，还欠着债，有哪个女子会愿意做我的妻子呢？这美貌的女子仿佛看透了董永的心思，她又对董永说："我不爱你的钱财，我只爱你的人品，你卖身葬父，可见是一个孝顺、忠厚的人；我也知道你还是别人的奴仆，没有自由身，但我可以帮你赎身。"

表现董永卖身故事的铜镜（北宋早期）

董永深受感动。他有所顾忌地说："只是这件事我不敢做主，得请示主人。"

"既然这样，我愿意与董郎一起去见你的主人。"美貌的女子说。

来到地主家里，地主竟答应了他们赎身的请求。不过，董永还清债务得以赎身的条件是在一百天内，织出三百匹的绢布来。董永不会纺织，全靠他的妻子。没想到，他的妻子心灵手巧，只用了一个月的时间，便织出了三百匹绢布。地主没有食言，把董永的卖身契（qì）退给他。董永又变回了自由身。

正在董永感谢上苍让自己娶了一个贤惠的妻子时，妻子却拉着他又来到那棵槐树下，就是他们第一次见面的地方。妻子忽然说，她要走了。董永不明白缘由，他哭着说："你对我的恩德，我都还没来得及报答呢，你怎么就抛下我离开呢?"

妻子也哭着说道："我们夫妻一场，我也舍不得离开你。我本是天上的七仙女，天帝被你卖身葬父的孝行所感动，让我下凡来帮你赎回自由身。现在，你已经是自由身了，我们的姻缘已尽，我得回到天上去了。"

说完，七仙女凌空向天上飞去，身后留下一道彩虹。

俗语说：善有善报。董永卖身葬父的孝行感动了上苍，以至于上苍让一位仙女下凡来帮助他，这样的故事虽有传奇色彩，但是足以说明董永的孝行感天动地。

这个故事出自《搜神记》。

【博闻馆】

董永和七仙女的“天仙配”

湖北孝感董永公园

黄梅戏《天仙配》的故事蓝本就是董永卖身葬父，七仙女下凡嫁与他为妻的故事。但黄梅戏《天仙配》侧重的是董永和七仙女的爱情故事，而不是董永的孝行。其中的剧情也与故事的蓝本大有不同。比如，那三百匹绢布，说是七仙女邀众姐妹织成的。又比如，七仙女最后离开董永，是因为她私自下凡，触犯天条，天帝震怒，她不得不返回天庭。

蔡顺拾葚奉养母亲

自从王莽当了皇帝，天下大乱，民不聊生，村庄中一片萧瑟的景象。很多年轻力壮的人都逃难去了，只剩下老人和孩子。田地荒芜，长满野草，饥荒让日子变得更加艰难。蔡顺和母亲也因此饥一顿饱一顿。这天，家里又没有米下锅了。

蔡顺于是对母亲说："母亲不要着急，等蔡顺出去找些野菜野果回来吃。"

"现在外面这么乱，最近又常常有人被赤眉军掠去，你可一定要小心啊。你父亲去世早，我身边只剩下你这一个儿子，就算没有饭吃，我们都平安才好。不管怎样天黑之前可一定要回家来。"

"蔡顺知道了，请母亲放心！"

蔡顺出了家门，急急忙忙穿过村边的一条小道，走进一片树林。他希望从树林中采到一些野菜，可是走了很久，还是没有找到食物，不知不觉，他在树林里越走越远了。

这时，蔡顺眼前一亮，他发现了好多桑葚（shèn）。现在正是桑葚成熟的季节，母亲非常喜欢吃，如果多采些回去，她一定会很高兴。蔡顺欢喜地采了两大篮桑葚，急忙往家赶。

眼看太阳快要落山了，金色的夕阳穿过树叶，照耀在匆忙赶路的蔡顺身上。远处好像传来一阵马蹄声，离蔡顺越来越近。蔡顺只顾着要赶回家，完全没有注意到马蹄声，他抹了一把汗，加快了脚步。

马蹄声越来越清晰，蔡顺回头一看，不好，一队赤眉军正朝着他的方向奔来。可是这时候，他已经来不及躲藏了。

“前面的小孩，站住别跑！”蔡顺听到一声叫喊，声音听上去十分凶恶。

蔡顺站住，怀里紧紧抱住桑葚。打头的一个强壮的赤眉军在他身边勒马停住，一把抢走了篮子。

“请壮士手下留情，我母亲还在家等我回去呢。这桑葚在树林那边有很多，诸位好汉如果渴了，可以往那边去摘。”

“这个小孩让我们自己去摘桑葚！”赤眉军里发出一阵哄笑。那个壮汉想先吃个桑葚解渴，可是当他看到篮子里的桑葚的时候，停住了笑，脸上露出疑惑的神色。

“小孩，你告诉我，为什么你这两个篮子里的桑葚，颜色不一样呢？”

蔡顺回答：“黑色的是熟透了的桑葚，很甜，我准备拿回去给母亲吃。而那一半红色的，是没有完全熟透的桑葚，还有些酸，是打算给我自己吃的。”

听了蔡顺的这番话，整队的赤眉军都沉默了。他们内心都深深爱着自己的家人，这个孩子对母亲一片赤诚的关爱，又唤醒了他们对亲人的感情。

这时候，赤眉军的首领说话了：“我们这些人早就忘掉了忠孝的本分。跟你这个孩子比起来，我们真是自惭形秽。我赏给你一头牛，还有三斗米，回家孝顺你的母亲去吧。”

所有人都以为蔡顺会欢天喜地去接受首领的赏赐，可是蔡顺却说："蔡顺只请求把桑葚归还，别的财物蔡顺不要。不义之财如流水，用不义的方法得来，终归会以不好的方式流走。况且这牛和米，对于他们原来的主人而言说不定就是活命的财物，我怎么忍心据为己有呢？"

这群赤眉军听后，若有所思，眼前的这个孩子以他纯洁的孝心和善心，唤醒着他们内心深处掩埋已久的本善之心。

这个故事出自《二十四孝》。

【博闻馆】

蔡顺火中保护母亲灵柩

由于蔡顺悉心照料，他的母亲十分长寿，活到了九十岁。母亲去世，蔡顺万分伤心。遗体还没下葬，灵柩暂时停放在家中。这时候，东边的邻居家突然发生火灾，火势非常凶猛，眼看就要烧到蔡顺家了。可是蔡顺一个人，是不能挪走灵柩的。危急之中，蔡顺不顾自己的性命，抱住母亲的灵柩放声痛哭起来。奇怪的事情发生了，那火好像被孝子的心感动了一样，跳过了蔡顺家，烧到西边的邻居家去了。大火熄灭，蔡顺左邻右舍家损失很大，只有蔡顺家中完好无损。

黄香扇枕温被

夜深了，空气却依然闷热，让人喘不过气来。九岁的小黄香心事重重，实在睡不着，就走出了房门，在院子里坐下。他抬头望望夜空，看到满天的星星也都在眨着眼睛望着他。看着美丽深邃的星空，黄香想起了母亲生前和自己在一起的场景。他想到母亲对自己的谆谆教导和无微不至的照顾，眼泪不知不觉流了下来。

“母亲，您好不容易把我抚养长大，现在黄香已经能做事了，可是却没有机会侍奉母亲了。黄香之前做错了那么多事，不知让母亲操了多少心，可是现在也没有机会向您道歉了。”

自从母亲去世之后，黄香就常常一个人偷偷伤心落泪，沉浸在失去母亲的悲伤里。原本充满欢笑的家庭，也因为母亲的去世，一下子沉寂了许多。

这时候，房间里传来父亲的叹息声，接着就是父亲在床上翻来覆去的声音。黄香想：父亲本来身体就不好，经过这一次打击，身体比原来更虚弱了。最近常常看到父亲到了夜里就胸闷得透不过气来，有时甚至整夜都不能睡觉。现在母亲不在了，只有我和父亲相依为命，他一个人维持生计，那么辛苦，作为儿子，我一定要尽我所能照顾好他。

天气实在是太热了，汗珠顺着黄香的脸颊流下来。黄香回到屋里，悄悄摸了摸父亲的凉席，这凉席根本就不凉，怎么能睡安稳呢？黄香一边躺下，一边想着让父亲安睡的办法。

第二天傍晚，黄香看父亲下地回来，先端上一杯清凉的井水。看父亲一饮而尽，黄香劝父亲说：“屋子里这么闷热，父亲您先拿着扇子到外面大树下乘乘凉吧，说不定晚上会好睡一些。”

父亲点点头：“也有道理，那我去乘凉了，你在家好好温习功课吧。”

黄香见父亲出门了，就拿出扇子，卖力地给父亲的凉席扇风。这样扇了很久，黄香的衣服都湿透了。太阳已经下山，天色渐渐暗了下来，直到完全变黑。黄香摸摸凉席，果然被扇凉了。这时，父亲的脚步声传来：“黄香，不早了，准备休息吧。”

父亲躺下的时候，诧异地问道：“今天这席子怎么这么凉爽？往常没有这么凉啊。”

黄香抹了一把汗水，欣慰地笑着说：“可能是因为父亲刚刚乘凉回来的缘故吧，今晚一定能睡个好觉了。”

整个夏天，黄香都为父亲扇凉席，好让父亲在劳作了一天后，能够安稳地睡觉。每次父亲睡着后，黄香还会悄悄坐在父亲旁边，给他扇凉，并驱赶蚊虫。

可是寒冷的冬天，冰凉的被子又常常让父亲冷得发抖，难以入眠。黄香想让父亲每天能够好好休息，这个问题并没有难倒他。每天父亲睡觉之前，黄香都会早早钻到父亲被窝里，用体温帮他把被子焐热。

许多同龄的孩子，往往还需要父母为其扇凉温被，有多少孩子能像黄香一样考虑到父亲的感受？仅仅九岁的黄香，就能体谅、照顾父亲，他的德行传遍了整个江夏。当时的太守刘护十分看重黄香，后来举荐他做了孝廉。

这个故事出自《后汉书·文苑列传》。

【博闻馆】

夏天乘凉小贴士

黄香为了让父亲能够在夏天安睡，用扇子把父亲的席子扇凉。除此之外，我们还能注意些什么，以避免不当的消暑方式带来疾病呢？

心静自然凉。夏天应该注意保持心情的平静，静心安神，最好不要动怒生气，常常感到冰雪在心，身体自然也容易感到清凉了。

尽管夏天很热，但最好还是吹自然风或者用扇子扇风，不要贪凉，吹太长时间的空调和风扇，非常容易造成关节疾病。

吃冰激凌、喝冷饮是很多人夏天最喜欢的消暑方式，可是如果吃了太多的冷饮，对身体也是有危害的，容易导致胃肠紊乱，诱发咽喉炎症，还会降低食欲。

陆绩怀橘供母

陆绩生活于三国时期，是吴郡人。这个故事发生在陆绩六岁的时候。

一个家丁给陆绩打开偏门，让小陆绩进到府里，小陆绩跟在家丁后面，穿过幽静的庭院和长廊，来到书房拜见袁术。

这是陆绩第一次见袁术，心里有一点儿忐忑。眼前的这位长辈，正襟危坐，温文尔雅又不失威严，即使面对他这样一个孩子，也完全按照礼数接待他，毫不失礼。

陆绩急忙上前拜见，向袁术行礼。袁术看到这个孩子虽然年龄小，但是举手投足彬彬有礼，虚己敛容，心中十分喜欢。他暗暗地想：他的父亲陆康在做庐江太守的时候，我们就已经是很好的朋友了。一直听说陆康的儿子天资聪颖、谦虚好礼，今天见面，果然名不虚传。

“常常听父亲提起大人，今天能来拜见，陆绩感到非常荣幸。”

袁术笑着让陆绩坐下，并说：“我与你父亲有很多年交情了，不必这么客气。难得你只有六岁就能自己来见我，而且这么大方有礼。如果换做别的孩子，不要说自己来拜见，就算是大人带来我这里，恐怕都会手足无措。”

陆绩急忙行礼：“袁大人过奖了。”

“现在新鲜的橘子已经下来了，我府上昨天刚刚运来一些，我吩咐人去拿一些来，我们尝尝鲜吧。”

一转眼，到陆绩该回去的时候了，桌上的橘子也被吃得差不多了。袁术十分高兴，起身送陆绩离开。快到门口的时候，陆绩再一次向袁术作揖行礼，准备离开。正在这时，一件意想不到的事情发生了：从陆绩的怀里，滚出了三个橘子，显然是陆绩在刚才谈话的时候，悄悄藏在怀里的。

袁术心中惊讶：没想到这个孩子会做出这么失礼的事情。今天拿橘子招待他，他竟然这么贪心，揣在怀里带走，我还这么看重他！

陆绩看到滚出来的橘子，也有些尴尬，站在那里，一时不知道该怎么办。

袁术于是笑着问道：“陆绩啊，你到别人家来做客，怎么还把橘子揣走了呢？”这时，周围的人也哄笑起来，陆绩十分难为情，急忙跪下，用诚恳的语气说道：“十分抱歉，陆绩偷偷拿了大人的橘子。可是这橘子，陆绩真的不是为自己拿的。”

“这是为什么呢？”

“大人，陆绩的母亲非常喜欢吃橘子，所以我看到大人用刚采摘的橘子招待陆绩，就想到了母亲。便拿了三个，想带回去给母亲尝鲜。确实不是因为自己贪吃，请大人原谅。”

袁术听到这里，感动于陆绩的一片孝心。难得这么小的孩子，能时时刻刻想到母亲的喜好，连吃一个橘子都想到母亲。虽然只是一个小小的细节，却能看出这个孩子真实的德行。他不禁感叹道：“看看天下有多少父母，想尽办法去得到孩子喜欢的东西，自己不舍得，却带回家给孩子吃。而被宠爱的子女，又有几个人能想到父母的喜好。陆绩啊，我真没有看错你！”

这个故事出自《三国志·吴书》。

【博闻馆】

陆绩崇尚修德教化

陆绩的学问修养非常好，能坚持自己独立的看法，在众人面前，也能勇敢地表达自己的观点。

一次，孙策在吴国宴请宾客，张昭、张纮（hóng）、秦松当时都是上宾。大家一起谈论时局，认为天下大乱，应该用武力来统一。当时陆绩年纪还很小，坐在末位，听到这些话，认为这种观点与圣贤的教诲是相违背的。虽然当时的宴会上有很多重要人物，而他年纪又小，但是他丝毫不畏惧，隔着很远大声说：“从前管夷吾相齐桓公，平定天下，都没有动用兵车。孔子曾经说过：‘其他国家的人如果不服，就修文德来感化他们，让他们自己来归顺。’现在的人都抛开修德教化不说，只是一味崇尚武力，陆绩虽然是小孩子，但是也觉得这样恐怕不正确吧。”在座的人都十分惊异这个孩子的表现。

孟宗哭竹

三国时，有一个著名的孝子，叫孟宗。他自幼丧父，与母亲相依为命，是母亲一手把他带大的。虽然生活困苦，母亲还是尽力设法让他读诗书，学礼仪。然而小孟宗却喜欢到处游山玩水，调皮撒野，不喜欢诗书和礼仪。母亲为了让小孟宗一心读书，让小孟宗和读书人结识，向他们学习，以便将来能出人头地。

每次县试（县内举行的考试），都会有很多考生来到孟宗居住的地方参加考试。他们其中也有很多和孟宗一样贫困的考生，没有钱住客栈。于是，孟宗的母亲就请他们到家里来住，她还特地缝了一条很大的被子，每次都让小孟宗给考生们送去。但小孟宗不肯送，可母亲的吩咐又不能违背，而且他觉得这被子太重太大了，于是，他就想了一个办法，把这床大被子剪成刚好能盖住自己身体的许多小被子，然后一一给考生们送去。

母亲知道这件事后，并没有责罚他，而是将那些小被子又收集起来，花了整整两天时间，把它们又重新缝成一床大被子，她还告诉小孟宗，这样的大被子可以给更多的人取暖。她对那些考生说："我的孩子好心办坏事，他不知道怎样招待你们，但是他仰慕你们的品德和学问，我把这被子缝好了，以表达我的孩子对你们的敬意。"从此以后，孟母的名声传遍了各地。

小孟宗那时并不明白母亲的苦心和用意，等他长大了之后才明白过来，于是，他努力地学习诗书和礼仪，终于没有辜负母亲的一片苦心。他觉得自己欠母亲的地方太多了，以后一定要好好孝顺母亲。

就在那年冬天，母亲病倒了，在床上躺了很多天，吃了很多药也不见效，而且什么东西都不想吃，身体越来越虚弱，可有一天，她突然对孟宗说："孩子，我好几天都没进食了，现在想喝点笋尖汤。"

孟宗听母亲说想吃东西，心里非常高兴，能吃东西，想必这病是要转好了，可转念一想，他又皱起眉头来了，这寒冬时节，哪里有竹笋呢？他多么想明天就是春天啊。

母亲看儿子皱着眉头，便说："唉，我是病糊涂了，现在哪有竹笋呢，算了吧！"

孟宗马上舒展眉头说："母亲，请您耐心等待，我马上就去找笋尖来给您炖汤喝。"

孟宗走到门外，便觉天冷得厉害，寒风呼啸，树木枝叶凋零，花草衰败，毫无春天的生机可言。可是母亲要喝笋尖汤，他必须满足母亲的愿望。他扛着斧头和铲子向山里走去，没走多久，就下起大雪来了，他只好冒着风雪前行，好不容易找到一片竹林，可竹林已经被厚厚的白雪覆盖了。

孟宗看到这厚厚的白雪，内心不禁又惆怅起来：天啊，连绿色的竹叶都看不到，到哪找新发芽的笋尖呢？老天爷可怜可怜我母亲吧！转而又想：若是母亲因为喝不到笋尖汤而病重不治，我于心何安呀？

想到母亲，他又鼓足勇气，对自己说："我为何不试一

孟宗哭竹花钱：该花钱（民间自娱自乐的一种玩钱，不是流通钱）为清代中期之物。有蝙蝠形钱冠，单系穿孔，顶端作如意头状。钱面图案正面行文“孟宗哭竹”，背面一人身在竹丛，应当是孝子孟宗。

下呢，一寸一寸地挖下去，说不定就能挖到笋尖呢。”

他拿着铲子就这样一铲一铲地挖着，可是土被冻得像岩石一样硬，一直挖到精疲力竭，他仍然没有看到笋尖的影子。这时的他，又想起了病床上的母亲，想象着母亲看到儿子带着笋尖回来那高兴的样子。可是自己让母亲失望了，想到这，孟宗望着自己挖的土坑，不禁放声痛哭起来，越哭越伤心。

他就这样哭着，也许是他的孝心把老天爷感动了，当他睁开泪眼往地上看时，奇迹出现了：他面前的冰慢慢融化，那坚硬的冰土也变成了软泥，软泥中竟然有绿笋尖冒了出来。

孟宗不敢相信自己的眼睛，他跑上前拔出一个笋尖来，摸了摸，可不是吗？这正是笋尖！孟宗抑制不住内心的喜悦和感激之情，竟破涕为笑，他朝着上天拜了几下，说：“感谢上苍，感谢您的仁慈和恩典。”

他赶紧挖出软泥中的笋尖，跑回去给母亲炖汤喝。母亲见到他真的找到了笋尖，病差不多好了一半，喝过笋汤之后，病竟然痊愈了。

从此以后，孟宗更加努力学习诗书和礼仪，终于成为一名著名的学者和朝廷重臣，报母亲养育之恩，为国效力，福泽百姓。

这个故事出自《三国志·吴书》。

【博闻馆】

有关被子的另一个传说

据说，孟母为了让孟宗一心学习诗书和礼仪，她想了很多办法。一年冬天，天寒地冻，孟母特地缝制了那床又重又大的被子，给儿子送去。其他人看到这么大的被子，都感到奇怪。孟母却深情地说：“我儿子的同学都很穷，没有什么好东西结交朋友的，这床大被子可以让他们一起用，共同御寒，还可以增进他们同学之间的感情。”孟宗在母亲的言行感召下，一心学习诗书和礼仪，和老师同学的关系都十分融洽。他尊敬老师，与同学互相帮助，互相照顾，这些事迹在学堂广为传颂。

吴猛饱蚊

吴猛，晋朝人。在他八岁的时候，就懂得孝顺父母了。

他家里很穷，父母每天早出晚归，外出劳作，才勉强维持着这个家庭的生计。南方的夏天，蚊子特别多，而他家里又没钱买蚊帐，所以夏天的时候，父母就被蚊子扰得睡不安稳。小吴猛很心疼自己的父母，他知道父母每天劳作很辛苦，想着晚上一定要让他们睡个安稳觉。

为此，他想了很多办法。他曾找到一个捕鱼的人家，向他们借破旧的渔网做蚊帐，渔家告诉他说，这渔网的网孔太大了，蚊子能钻进来。小吴猛就想：那能不能把这网孔弄小点呢？由于这渔网太紧了，他怎么也不能把这网孔缩到不能让蚊子飞进来的大小，最后，他索性用布在渔网上蒙了一层，让渔网密不透风，那蚊子就飞不进来了。当他把这“蚊帐”做好挂在父母床上的时候，父母看着这“蚊帐”哭笑不得，对他说：“孩子，我们睡在这蚊帐里，那不热死了？”小吴猛也放弃了这个做法。

他看到一些人家，经常拿着一些草来烧，听说这样可以驱蚊子。于是，他就去挖了很多这样的草，堆在一起，晚上父母睡觉之前，他拿着这些草在父母床前熏了一遍又一遍，弄得屋子里烟雾缭绕的。只是，这草熏蚊的功效持续时间不长，过了一会，那些蚊子又来了。于是，他隔一段时间就拿着草点燃，在父母的床边跑来跑去熏蚊子，这样可倒好，小吴猛也变成一只蚊子，扰得父母睡不着觉了。很快，小吴猛也放弃了这个做法。

有一次，他突发奇想，拿着一把大竹扇，坐在父母的床边，有蚊子来的时候，他就使劲地摇着竹扇，驱赶蚊子，可没多久，他就累了，最后在父母身边睡着了，蚊子照样来扰得父母睡不着觉。

小吴猛实在没有什么办法了，他只能呆呆地看着父母的床榻，任凭那些蚊子来搅得父母不得安宁。他又想，父母每天都这么劳累，可是晚上连个觉都睡不好，做儿子的真是不孝啊。这时，有一只蚊子飞到小吴猛裸露的胳膊上，小吴猛一动不动地看着那只蚊子，也不去赶它，没多久，又有一只飞来了。就这样，很多蚊子都飞到他的胳膊上，它们在小吴猛的胳膊上叮了很久，最后喝够了血，才一个一个地飞走。小吴猛恍然一惊：如果我把自己的身体露在外面，让那些蚊子来喝我的血，那它们就不会去喝我父母的血，我父母就可以睡个好觉了。

北京八大处浮雕：吴猛恣蚊饱血

说做就做，他脱去衣服，赤身睡在父母身边。那些蚊子好像认识他一样，很快就纷纷地飞到他身上，他却不驱赶它们。父母见他这样，便不忍心，而小吴猛却说：“没事，我的肉很嫩，蚊子们都来喝我的血，就不会喝你们的了。”父母听到这番“苦肉计”，哭笑不得，可是，他们却因吴猛的懂事悄悄地流下了幸福的眼泪。

这个故事出自《二十四孝》。

【博闻馆】

吴猛升仙的故事

传说后来吴猛遇到了一个会法术的神人，名字叫丁义，传授给了吴猛得道成仙的神方。吴猛用了神方后，屡次有灵异的表现。后来在宋朝政和年间，被封为真人（道教中得道成仙的人）。

清朝的时候，有一个叫王应照的居士评论这件事的时候说：“父母养育子女的时候，为他们驱赶蚊蝇，使他们远离寒暑，甚至看到他们病痛都想替他们分担，世间子女何曾没有替父母饱蚊的心情呢？只是世间的子女回报父母很少有能达到这样程度的。吴猛能这样来回报父母，而且不愿意直接打死蚊子，蕴含了爱惜生灵的情感，这就是他有得道成仙资格的原因啊！”

赵志闻声

晋朝有个名叫赵志的孩子，读书非常刻苦。当他读到《诗经》中“哀哀父母，生我劬（qú）劳”的诗句时，虽然他不太明白这句诗的意思，但在他幼小的心灵里总有一种说不出的震撼。先生解释这句诗的意思时，说它表达了天下父母养育儿女的不易，可怜天下父母心。赵志才明白自己心中的那种震撼，原来就像诗中所写那样，父亲养育自己非常不易。

于是，赵志就更加发奋学习，为了以后出人头地，让父亲过上富足的生活。

有一天早晨，赵志在学堂里读书，窗外传来有人赶牛的声音。这是多么熟悉的声音啊！小赵志仿佛看到这个赶牛的人，外出辛苦地做农活：他下到水田里，一只手用鞭子赶着牛，另一只手吃力地扶着犁耙在水田里行走。赵志仿佛还看见了一双长满老茧的手，一张满是皱纹的沧桑的脸庞。

想到这里，小赵志的心里非常难过。本来还在好好听课的他，这下就没有心情听课了。他低下头，呆呆地看着书本。沉默良久，他竟然哭了起来。先生和同窗们都注意到他了，但都不明白是怎么回事。先生停下讲课，走到他身边，摸着他的头问道：“孩子，你为什么哭呢？”

小赵志只是盯着窗外，不说话。于是，先生走到外面去看了一下，回来说："外面刚刚过去一个赶牛的人，是什么事让你这么伤心呢?"

听先生这样一说，他哭得更伤心了，他开口说道："那个赶牛的人就是我的父亲。"

"哦，你父亲赶着牛去干活，可是你为什么这么伤心呢?"先生又不解地问道。

"我恨自己的年纪太小了，不能帮助父亲干活，不能让他过上舒适的生活，他每天都这么劳累，而我却帮不上忙，所以我很伤心。"

先生听了小赵志的话，心里非常感动，没想到赵志小小年纪就有这样的孝心。他劝小赵志说："不要伤心了，你有这样的孝心，你的父亲知道了会非常高兴的，再苦再累他也会觉得甜的。"

小赵志听先生说得有道理，就不哭了。先生也对小赵志的未来充满了希望，因为他觉得赵志这样小小年纪就有如此孝心，将来必定大有出息。从此以后，先生就对小赵志另眼相看，非常用心地教他学习，而且还不收他的学费，以减轻他父亲的负担。有时，还在生活上照顾他、关心他。等赵志长大以后，果然不负先生的期待和苦心，被朝廷征召做了官，并且拥有良好的政绩和名声。他的父亲，也不用过那么穷苦的生活了。

这个故事出自《二十四孝》。

【博闻馆】

“哀哀父母，生我劬劳”

香美的莪蒿

这是《诗经·小雅·蓼莪（lù é）》中的句子，前两句是“蓼蓼者莪，匪莪伊蒿”。蓼蓼，又长又大的样子。莪，是一种草，也叫莪蒿。四句整体的意思是：“那高高的植物是莪蒿吗？原来不是莪蒿，是没用的青蒿。我可怜的父母啊，为了养育我受尽了辛劳！”莪蒿香美，可以食用，诗歌的作者用它比喻人成材而且孝顺；而青蒿粗恶，不能食用，用来比喻人不成材和不能尽孝。诗歌的作者感触于此，责怪自己不成材、不能为父母尽孝。这也和故事中赵志伤感于父亲的劳累，而自己不能帮他干活、让他过上富贵生活而自责相照应。诗歌后面还有这样的句子：“无父何怙（hù）？无母何恃？”怙、恃都是“依靠”的意思，通过“没有父亲，我可以依仗谁？没有母亲，我可以依靠谁”的感叹，更是把对父母养育之恩的感激之情推向了极致。

王裒闻雷泣墓

王裒（póu）的父亲名叫王仪，是一个高风亮节、正直敢言的人。他在朝廷做官，一次，皇帝打了败仗，心中闷闷不乐，便问众大臣：“最近的战事不利，该追究谁的责任呢？”

在座的文武大臣都不敢直言，都说我方军队准备不足，不应该追究谁的责任。只有王仪站出来说：“这责任应该归于元帅。”

皇帝大怒道：“你难道把这责任归到朕的头上吗？”皇帝正是这次战事的元帅。他不堪王仪的羞辱，叫人把王仪推出去斩了。

父亲死于非命，让王裒痛心不已。将父亲埋葬后，他在父亲的坟墓旁盖了一间草庐，每天早晚都到父亲的坟墓旁跪拜，用手扶着坟墓旁边的柏树哀声痛哭。在守孝的三年中，他每日痛哭，眼泪洒在柏树上，柏树都枯萎了。

父亲死后，王裒发誓终生不入朝廷为官。他在家乡以教书为生，一心孝敬母亲。他亲自照料母亲的饮食起居，经常陪她说话，让她开心，以慰老人晚年的凄苦和孤独。母亲病了，他亲自侍奉汤药，日夜守在母亲床前。由于母亲害怕打雷，每次打雷下雨的时候，王裒就到母亲身边，握着母亲的手安慰说：“母亲，别怕，有我陪着您。”他还把门窗关得严严实实的。这时候，王裒绝不会离开母亲半步。

后来，母亲病重，久治不愈，与世长辞。王裒悲痛万分，他又想到了自己的父亲，于是，他将母亲和父亲合葬在一起。王裒又搬到坟墓旁边的草庐里，每天早晚到坟前祭拜痛哭。每到打雷下雨的时候，他仍然还记得母亲怕打雷的事情，所以一听到雷声，王裒就即刻跑到父母的坟前跪下，哭着说："母亲大人，儿子王裒在这里陪着您，您不要怕。"看到王裒的人，无不被其感动，失声痛哭。王裒的学生们，看到老师如此孝顺，他们都学着老师，孝敬自己的父母。

王裒的孝行和名声传到了朝廷里。皇帝要征召他去做官，可王裒推辞说："我的孝心还没尽完，不能为皇上效命。"有人不理解，便问王裒："你的父母都已经逝去，还有什么孝心可以尽呢？"又有人劝他说："为皇上效命，也

据《昌乐县续志·古迹志》载："魏孝子王裒墓，在县治东南五十五里之马宋集迤东八里。"该村原名桃花村，因临近王裒墓院，桃花村名渐隐，遂改名为王裒院村。王裒墓在村西，墓前立着明成化二年"魏孝子王裒之墓"碑。墓院两侧另有碑记六方，周围有柏树、国槐、白杨树等，院貌朴素、宽阔、宁穆，望之令人肃然起敬。

是一种孝心的体现啊。”

王裒说：“我母亲害怕打雷，所以每到打雷时，我都要到母亲坟前陪着，免得她害怕，如果我去做官了，打雷的时候谁来陪我的母亲呢?”

王裒坚辞不就。

后来，天下大乱，盗匪四处横行。王裒的族人们都搬到比较安全的江东去了，可王裒就是不肯离开，他要守着父母的坟墓，不久之后，他因为守着父母的坟墓迟迟不肯离去，被贼人杀害了。

这个故事出自《晋书·孝友传·王裒》。

【博闻馆】

生性正直的王裒

有一次，王裒的一个学生被县里抓去服役。学生请求老师写信给县令，免除他的服役之苦。可王裒说：“你的学问还没达到不服役的水平，我的德行很浅，也不能保护你，写信也没用。”于是，他就带着学生们，背着干粮和草鞋，徒步把这个将要服役的学生送到县衙，当时跟从王裒去送行的学生有上千人。县令以为王裒来拜访自己，就前去迎接。可王裒鞠了一个躬，然后说道：“我的学生来县里服役，我是特地来送他的。”说完就拉着学生的手，流泪离去。县令羞愧不已，不久之后，就让这个学生回去了。

刘殷寒冬采堇菜

晋朝的刘殷，父亲生病去世的时候，他只有七岁。当时刘殷虽小，但是父亲对他的点滴养育之恩，他全都记在心中。在这个不大但是温暖的家庭里，刘殷从懂事起，每天在家里看到的，都是父亲对祖母的悉心照料，一家人其乐融融。年幼的刘殷常常想，将来等自己有能力了，也要像父亲孝顺祖母一样，孝顺父亲，孝顺家里的长辈。

父亲临去世前，曾经语重心长地嘱咐刘殷："我不在了，你就是家里的大人了，你祖母年纪大了，你一定要尽心尽力照顾好她。这样，我走得也就放心了。"父亲的叮咛，刘殷不敢忘记，父亲生前对自己的养育和教诲，刘殷更是牢牢记在心上。他立志要好好孝顺祖母，让祖母安度晚年。

转眼两年过去，刘殷已经九岁了。这一年的冬天十分寒冷，到了最冷的时节，刘殷怕严寒冻坏祖母，就想尽办法每天为祖母做热汤热饭，好让祖母觉得身心暖和。可是最近这些天，细心的刘殷却发现，祖母总是还没有吃多少饭，就放下了筷子。这样的情况已经持续了十多天。刘殷想：这样下去，祖母的身体一定会受影响啊。

这天，看到祖母又没吃多少饭，刘殷有些着急了，他问道："祖母为什么这些天吃饭这么少呢？饭菜不合口味吗？"

祖母有些迟疑，最后还是开口说道："你做的饭菜很好，只是这些天来，我突然很想吃堇（jǐn）菜。你父亲在世的时候，知道我喜欢吃堇菜，就常常去地里挖来给我吃。可是现在这寒冬腊月，哪里能找得到堇菜呢？”

刘殷听到祖母的话，也沉默了。他望望窗外肃杀的景象，这个时候，田地里是不可能长堇菜的。虽然这样，刘殷还是挎着篮子出了家门，想去试试运气。

一整条集市，刘殷从头转到尾，也没有发现有人卖堇菜。他又跑到冰冷的水田里找了半天，还是没有找到一棵堇菜。可是他想到祖母还在家里等着他回去：如果我两手空空进家门，祖母一定会非常失望的。我立志要照顾好祖母，可是连祖母想吃堇菜这样的小事我都无能为力。这可怎么办呀！

想到这儿，九岁的刘殷无助地在水田里哭了起来。他哭得十分伤心，整整持续了半日。这时候，不可思议的事情发生了，刘殷隐隐听到一个声音说：“停下，不要哭。”他低头一看，在刚才哭泣时站的地方，忽然长出了堇菜。

他又惊又喜，急忙采回去给祖母吃。祖母看到堇菜，既惊讶又高兴：“我还以为今年冬天一定吃不到堇菜了，没想到你还真的挖到了！”

刘殷从此天天都去水田里那个地方采堇菜，奇怪的是，尽管他每天都去采，堇菜却并没有减少。一直到了堇菜生长的时节，那里的堇菜才没有了。

堇菜，花非常美丽。主要分布在温带、亚热带与热带高海拔山区。生于湿草地、田野、屋边。

后来有一天，刘殷晚上做了一个梦，梦到一个神仙模样的人告诉刘殷：西边篱笆下有粟米。醒了之后，刘殷回想起这个梦，像真的一样，历历在目。于是半信半疑地找到了梦中说的埋着粟米的那块地方，一挖，果然挖到了米。刘殷还在疑虑这挖到的米是不是自己应得的东西，却发现在装粟米的筐子上写着“七年粟百石，赐孝子刘殷”。他把米搬回家，继续奉养祖母，果然是正好吃了七年，这些米才吃完。

后人认为，是刘殷的孝心感动了上天，使得寒冬的水泽中生出了堇菜，并且赐给他粟米，让他奉养祖母。所谓“精诚所至，金石为开”，年仅九岁的刘殷，一片孝心感动了天地。他的事迹也被后人传诵铭记。

这个故事出自《晋书·孝友列传》。

【博闻馆】

张宣子嫁女

因为刘殷的德行学问很好，所以在刘殷的家乡没有不称赞他的。不止一个人曾向朝廷推荐刘殷，希望他出来做官，但是刘殷一直都没答应。

同乡的张宣子是个很有见地的人，一次，他也劝刘殷出来做官。刘殷回答道：“不是刘殷不愿意，只是家里还有老祖母，如果我出门做官了，谁来照顾她呢？刘殷必须在家中侍奉祖母，以尽孝道。”张宣子赞叹道：“如果是这样，那么你的境界岂是一般人能理解的啊！”因为赏识他，张宣子打算把女儿嫁给他。张宣子是并州豪族，家里很富有。他的妻子听说后十分生气：“咱们女儿姿容美丽，为什么不嫁给公侯做妃子，反而嫁给这个穷小子！”张宣子却依然坚持，并且告诫女儿好好跟随刘殷侍奉祖母，将来刘殷一定能飞黄腾达。果然，刘殷后来做了大官，家族从此兴旺起来。

范乔哭砚

范乔，晋朝人。在他两岁时，祖父临终抚摸着他的头说："我只恨不能见到你长大成人，现在我把自己常用的砚台给你，以后你看到这个砚台，就如同看到我一样。也希望你以后谨遵祖父的教诲，做一个有德行的人。"等到范乔长到五岁，祖母告诉他祖父当年对他说的话，范乔一听，便捧着砚台哭泣不已。他一直好好地保存着这方砚台并谨记祖父的教诲。

九岁时，范乔开始上学，他非常好学，经常受到老师和同学的夸奖。二十岁时，得到名师授业。由于他的才学非常高，受到当时一些名士的推崇。可有一天，他的父亲得了怪病，突然疯了。范乔和弟弟毅然辞去学业，回到家里，断绝与外界的一切来往，一心一意地照顾父亲。有人就劝范乔说："何必如此呢，不可因为父亲的病而荒废学业，抛弃自己的前途啊，况且还有其他人照顾你父亲呢。"

砚台与笔、墨、纸是中国传统的文房四宝，是中国书法的必备用具。砚台不仅是文房用具，由于其性质坚固，传百世而不朽，又被历代文人作为珍玩藏品之选。

范乔却说："父亲如果不能好好地活在世上，做儿子的要学业和前途有什么用呢？"

说完，他拿出祖父留给他的砚台来，又想起了祖父的教诲，不禁泪流满面。

从此以后，范乔和弟弟就在家里一直照顾父亲，始终不离，直到父亲去世。他的孝行闻名乡里，最终传到了朝廷。有人向朝廷建议："范乔在地方上的名声和德行都非常高，如果不任用这样的人，那将是朝廷和百姓的损失啊！"后来，又有人向朝廷推荐，说范乔的才学很高，应当录用他。他总共被举荐孝廉一次，被公府（指中央一级的官署机构）举荐八次，两次被推荐为清白异行，一次被推举为寒素（指门第寒微），可他都辞而不就，因为他谨记祖父的教诲，做一个有德行的人，不要那些虚名。

有一年的除夕之夜，有个人趁着万家团圆时，悄悄地跑到范乔家来偷树。没想到，当他砍树的时候，范乔正好在自家的林子里散步，但他却假装没有看见这个偷树的人。第二天，有人告诉那个偷树的人说："你昨天偷树的时候，范乔其实看见你了，只是他假装没有看见。"这个偷树的人觉得非常惭愧，无地自容。他马上把已经劈成块的木柴送到范乔家，但范乔执意让他拿回去。范乔说："我知道你砍这树，是为了给家里的爹娘烧火取暖，这有什么好惭愧的呢？"

偷树人感激不尽，也为范乔的德行和大度所折服。偷树人走后，范乔又想起了祖父的教诲以及父亲的癫狂，他们都没有真正享受到自己作为孙子和儿子的孝顺之举，这让范乔痛心不已。他又拿出那块砚台来，不停地摩挲着。

五岁时，就知道谨记祖父的教诲，恪守孝道；父亲生病，侍奉父亲至死不离。又能将自己对父母的孝心推及到一个偷树人身上。这就是范乔。

这个故事出自《晋书·隐逸列传》。

【博闻馆】

范乔为什么屡次被推荐当官

在晋朝，主要有两种选拔官吏的制度，一是“九品中正制”，一是“察举制”。察举制，是地方政府和官员或者有名望的人，推荐当地人才入官的官吏选拔制度，推荐的依据主要是被推荐人的德行和文才等。范乔有一次被举为“孝廉”，两次被推荐为“清白异行”，一次被推举为“寒素”。“孝廉”是指孝顺父母，办事廉正；“清白异行”是指为人清白，志行高洁，不同于常人；“寒素”是指家世清贫，门第低微。范乔是一个闻名乡里、朝廷的非常有德行的人，文才也很高，符合被推荐的条件，所以才被屡次推荐。

曹娥投江

很久以前，在上虞（yú）古舜江畔的凤凰山下，有一个小渔村。村里人以捕鱼为生。其中有一对姓曹的父女，父亲是一个捕鱼能手，每天都在江上捕鱼。女儿名叫曹娥，不仅聪明、漂亮，还是一个出了名的孝女。

曹娥很小的时候，一次父亲捕鱼回来，带回满满的一桶鱼，里面有很多大鱼，也有很多小鱼。小曹娥望着桶里面的鱼儿发着呆。父亲看见她这样，便问："你怎么了，女儿?"

小曹娥说："父亲，能不能把那些小鱼儿放了呢?"

父亲不解地说："为什么呢?"

"它们太小了，让它们回家吧，等它们长大了，再抓它们吧。"小曹娥说。

古今贤女绣像·曹娥

父亲答应了小曹娥的请求。小曹娥拿着一个小桶，将那些小鱼儿抓出来，又放回了舜江里。

曹娥十四岁那年，春夏之际，几日的连绵大雨让舜江波浪滔天，洪水暴涨。只见一个个巨大的漩涡将滩涂和堤岸淹没。可是，洪水的泛滥带来了比以往更多的鱼虾。小渔村的人们，既怕洪水又盼着涨洪水，因为想要捕到更多的鱼虾需要冒着生命危险。

俗话说“混水好抓鱼”，曹娥的父亲望着江里翻滚的鱼虾，再也忍不住了。他急忙拿出渔网，撑出渔船，打算去江里捕鱼。曹娥想到父亲的生命安危，她望着远处风云翻滚，必然又会有一场大雨，她劝父亲等大雨过后再出江捕鱼不迟。父亲安慰她说，这雨一下就不会停了，不如趁现在出江，捕鱼总会有危险的，只要小心就行。曹娥见父亲执意要去，她也想陪着去，可是她不识水性，父亲不让去。

父亲就这样冒着生命危险出江了。没过多久，就下起了大雨，曹娥在家等得心急如焚，她只盼着父亲能平平安安回来。中午时分，还不见父亲回来，她便冒雨跑到江边，只见巨浪滔天，江上茫茫一片，唯独不见父亲的渔船。曹娥先是往上游寻了几里，又往下游走去，仍然没找到父亲。这时，已是傍晚时分，于是，她大声喊着：“喂，爹爹，爹爹——”她的喊声把几个渔夫引了过来。他们都看着曹娥叹气，说她父亲的渔船被卷进漩涡冲走了。曹娥一听，大叫一声“爹爹”，便向下游跑去。

天黑了以后，几个渔家陪着她，劝她回去，说她父亲水性好，说不定已经在下游某个人家里住下了，明天再去也找不迟。可是，曹娥见不到父亲，不肯回去。她在江边哭叫了整整一夜，听者无不伤心流泪。

第二天，人们给她送来吃的，她不肯吃，安慰她回去休息，她也不肯回，说一定要找到父亲。人们又陪着她找了三天，仍然一无所获。曹娥又啼哭了三天，眼泪都哭干了。村里人又去劝她，但她仍然不回家，找不到父亲，她死也不回家。她又哭了七天七夜，眼泪干了，眼睛里哭出了血来。

到了第十二天，雨停了，太阳终于出来了。已经没有多少力气的曹娥，望着江水，她忽然看见一个黑黑的东西，一起一伏的，好像是她父亲在和江水搏击。曹娥非常惊喜，果然父亲的水性很好，他还在水里游呢。但是父亲好像没什么力气了，她想着要救父亲，帮他游上岸来，便叫了一声“爹爹”，纵身向江中扑去。

“曹娥跳江啦!”人们看见这一幕，纷纷呼救。但江水无情，它早已吞噬了弱小的曹娥。

人们都围着江堤，热泪盈眶，哀怨愁叹，甚至大骂老天爷不公，可是都无法挽回至孝的曹娥了。

三天后，又是一个晴天，江水平静下来了。人们在下游不远处的江堤旁发现了曹娥父女的遗体，只见江水中，曹娥和父亲背贴着背，曹娥反剪双手紧背着父亲。人们不禁感叹，曹娥果然找到了父亲，还把他背到了岸边，这样的孝心感天动地。

不久之后，乡亲四邻好生安葬了曹娥父女，在曹娥投江救父的江边修了庙宇，塑了像。她所在的渔村也改为曹娥村，那条江改为曹娥江，以示祭奠和怀念。曹娥投江救父的故事一直流传到今天。

这个故事出自《后汉书·列女传》。

【博闻馆】

曹娥庙“四绝”

曹娥庙号称“江南第一庙”，位于浙江绍兴曹娥江西岸。始建于公元151年，历代文人名流题赠楹联匾额甚多，蒋介石题匾“人伦之光”悬在庙宇正殿。

曹娥庙从修建至今，庙址几经变迁，几度毁坏和重建，至今已有两千年的文化积淀。庙内有雕刻、壁画、楹联和书法“四绝”享誉海内外。雕刻分为木雕、石雕、砖雕等，雕刻技艺纯熟精湛，人物栩栩如生；壁画讲述曹娥生前及死后的传说故事，构图简洁，人物线条流畅，极具表现力；楹联数量居于其他庙宇之上，多为民国文坛盛名人物的题联；庙中碑书为宋书法家蔡卞书所书，笔法灵动飞扬，被誉为宋代行楷的典范。

李密献陈情表

一座朴素的宅院里，一位年迈的老夫人病卧榻上。她头发灰白，颧骨高耸，她吃力地咳嗽着，咳出的痰中似乎还带有血丝……旁边有一个中年男人在恭敬地服侍着。

这个中年男人就是以孝行闻名天下的李密，病卧榻上的是他的祖母刘氏。这时的李密刚伺候完祖母睡觉，就赶忙去煎药了。他一边煎药，一边回想着自己多年来和祖母刘氏相依为命的情景。

李密从小就是孤儿。父亲在他四个月大的时候就因病去世，母亲在他的印象中只剩一个瘦弱的影子，他至今不知道母亲的下落。从小到大，只有祖母一人陪伴着他。他记得自己小时候生病时，总是想着母亲，可祖母常常流着泪说："你哪里有母亲啊，她早就改嫁了，我可怜的孩子！"时间一长，他就把祖母当成了"母亲"。祖母平时靠着给人缝补衣物、挑水扫地维持祖孙俩的生活。好不容易把他拉扯大了，他也有能力孝顺祖母了，可年事已高的祖母却一病不起，恐怕将不久于人世。想到这，李密痛心不已。

最近皇帝频繁下诏让他去朝廷做太子洗（xiǎn）马（太子的侍从或伴读），他不能违抗皇帝的旨意。但此时是祖母最需要他的时候，他不能离开。他感到左右为难，并常常因此叹气。

药煎好了。他把药端到祖母身边，祖母从病痛中醒来。

“祖母，该吃药了。”李密先尝了一口汤药。

他扶起祖母，然后一口一口地喂祖母喝药。李密的心事怎么能逃过祖母的眼睛呢？她看着李密，用虚弱的声音说：“孙儿，你最近的脸色怎么不太好呢？”

“祖母，我没事，我只盼着您的病快点好呢。”

祖母咳嗽了几声，说：“皇上……又派人来召你了吧，皇命难违……你放心去做官吧，我这病马上就会好的，不用担心……”说着，祖母喘了几口气，接着哀叹道：“都是我……拖累了你，有你这样的……孝顺的孙儿，我已经很满足了。”

可李密却坚决地说：“祖母，您的病一天不好，我就一天不离开您！”

喂完汤药后，李密又伺候祖母睡下。走出屋子的时候，他偷偷地流下了眼泪，又陷入了沉思之中。一边是病重的祖母，一边是皇帝的旨意，该怎么办呢？夜已经很深了，可李密却毫无睡意，他在院子里踱来踱去。突然，他快步走进屋子，摊开纸张，研好磨，提笔写道：

“皇上明鉴，臣若没有祖母，就不能活到今天，而祖母现在没有我，也不能安度晚年。臣今年四十四岁，而祖母九十六岁，这样看来，我替皇上效命的日子还很多，而报答祖母恩情的时间却是少之又少了。请皇上恩准，待我陪侍祖母安度晚年之后，再随皇上鞍前马后，以报答皇恩。”

这样一封言辞恳切的奏表，让皇帝看了之后着实被李密的孝行感动。不久之后，皇帝答应了李密的请求，不仅如此，还送来五百两白银、两个婢女，帮助李密侍奉祖母，向天下表彰李密的孝行。李密得到皇帝的恩准后，激动地跑到祖母的病榻旁，说："祖母，孙儿可以永远服侍您了！"

这个故事出自《晋书·孝友列传》和《华阳国志》。

【博闻馆】

《陈情表》中的著名词句

《陈情表》是一篇传诵千古的名文，它言辞恳切，一片赤诚孝心，真实可感。不仅如此，这篇文章中产生了很多的成语和词句，丰富了汉语词汇，其中很多至今仍被人们经常引用。比如："孤苦零丁""茕（qióng）茕孑立，形影相吊""急于星火""日薄西山，气息奄奄""人命危浅、朝不虑夕"等等。

李密像：此像竖立在彭山县龙门寺大雄宝殿殿前道光圣旨石碑的旁边。据说，寺外原是李密故宅的荷塘，荷塘上还有一座三孔古石桥，但现已淹没于荒草丛中。龙门寺虽是李密的故居，但李密于晋太康八年（287 年）去世后，却葬于今天彭山县凤鸣镇的龙门桥村。

沙弥止风

庾沙弥五岁那年，父亲因为犯罪被杀头。有一天，母亲为他做了一件色彩鲜艳的衣服，但小沙弥坚决不肯穿，母亲不解。小沙弥哭着说："我们家遭受了这么大的祸事，我怎么还能穿这么漂亮的衣服呢，这是对父亲的不尊敬啊。"母亲看着只有五岁的小沙弥，心中有些隐隐作痛，但又感到十分欣慰，因为儿子还记得自己的父亲，而且他只有五岁就这么懂事了。随后，小沙弥又发誓说："我以后再也不会穿这么鲜艳喜庆的衣服了！"

果然，为表示对父亲的悲痛之情，庾沙弥终生都穿着朴素的布衣。

沙弥止风

庾沙弥为庶出（指封建社会中妾所生的子女），但是嫡（dí）母（父亲的正妻）却对他视如己出，对他百般呵护，教他诗书礼乐以及做人之道，像他的生母一样把他教育成人。嫡母因病去世时，他昼夜痛哭，哀伤不已。他时常坐的蒲团，因为他的眼泪都快浸烂了。他的生母看着这一切，心中欣慰地想道：沙弥对待自己的嫡母尚且如此孝顺，那对我这亲生母亲更不用说了。

的确，从此以后，庚沙弥更加孝顺自己的亲生母亲了。他尽量满足母亲的一切要求，母亲喜欢吃甘蔗，他便不再吃甘蔗，而是把自己手中所有的甘蔗都让给母亲；他千方百计地让母亲开心，不让母亲在晚年的生活中有半点孤独和凄苦之感。母亲去世之前，经常对庚沙弥说："儿啊，等我死了以后，你一定要把我葬回家乡去。"母亲其实只是这么一说，但庚沙弥已经谨记在心了。

母亲去世之后，他遵从母亲生前的愿望，打算扶着母亲的灵柩回乡入葬。虽然要走很远的路程，可庚沙弥却不辞辛劳，一路上风雨兼程，翻山越岭，渡江过河。他一心要完成母亲的遗愿。这时，他扶着母亲的灵柩来到一条江的边上，坐上船。当船行到一半的时候，江面上突然刮起了大风，这风越来越大，以至于让船在江中进退不得，眼看着大风就要把船掀翻了，庚沙弥非常着急。如果大风掀翻了船，那母亲的遗愿就不能实现了。

情急之下的庚沙弥抱着母亲的灵柩失声痛哭，并祈求道："上苍啊，如果你一定要让我母亲的灵柩沉入江底，那我请求你将我和母亲的灵柩一起沉下去！"上苍仿佛听到庚沙弥的祈求，被庚沙弥的孝心感动了。不一会儿，风就停了，江面又恢复了平静。

庚沙弥得以扶着母亲的灵柩继续前行，终于，他安全地把母亲的灵柩归葬故里。

这个故事出自《梁书·列传第四十一》。

【博闻馆】

庾道愍万里寻母

庾沙弥的祖上庾道愍（mǐn），也是一个孝子。他刚刚生下来的时候，就和母亲失散了。庾道愍长大后，为了寻找母亲的下落，走遍了千山万水，但天大地大，茫茫人海，到哪去找母亲呢？因为思念母亲，他常常痛哭流涕。但他意志坚定，发誓一定要找到母亲。有一次，他冒险找到了交州这个地方，傍晚时分突然下起了大雨，阻止了他前行的脚步，他就随便找到一处人家借宿一晚。这时，正好有一个老婆婆从外面砍柴回来，庾道愍觉得自己的心突然动了一下，他赶忙上前问候这个老婆婆，没想到这老婆婆正是他失散多年的母亲。

木兰替父从军

一阵阵急促的马蹄声响起，一队负责征兵的官差飞奔至小村庄，带着厚厚的点名簿。原本宁静的村庄一下子沸腾起来。男女老少聚集在一起，一整天了，大家都在议论这事。

“听说又要打仗了。”

“是啊，听说这次要招募不少兵士，家家都免不了要出人啊！”

“点名簿上的人，全部都要去，一个都逃不了。”

木兰这时候正焦急地站在门口等父亲回来。远远看到父亲来了，她急忙迎上去问道：“怎么样，父亲这回还要去打仗吗？”

父亲表情沉重，点点头说：“国家现在有危难，正是我们挺身而出替国家分忧解难的时候。”

“可是父亲，这一次打仗，跟从前不同，不知道要多少年才能回来。您现在身体状况已经不如从前了，况且您为国家征战又不是第一次了。两个弟弟都还小，这一次您不能再去了！”木兰着急地劝着父亲。

“我们家无论如何都要有人去的，你虽然劝得在理，可是又有什么办法呢？”父亲无奈地摇摇头，迈进了家门。

木兰一下子跪在父亲面前，坚定地说：“木兰有办法，父亲回来之前，木兰就已经下了决心。这次请允许木兰女扮男装，替父亲去从军！”

“我怎么忍心让你去从军呢？战场上九死一生，何况你是一个女孩，万一被人发现了，那可怎么办？”

木兰坚持说：“父亲已经操劳大半生，应该在家里安度晚年了。这个时候，木兰决不能让父亲再上战场。木兰心意已定，请父亲三思！”

看着坚决的女儿，父亲老泪纵横，最终点头应允。

就这样，乔装成男子的木兰替父亲走上了战场。她刻苦训练，不久就练就了一身的杀敌本领。她在战场上作战勇猛，别人一点也没觉察出她是女儿身。战争持续了很长时间，一年又一年过去了，木兰每时每刻都牵挂着家乡，牵挂着家人。她多么希望战争早一点结束，让她能够回到家乡和家人团聚啊！

终于，战事平息了。而这时，木兰离开家已经整整十二年了。这十二年中，骁勇善战的木兰跟随朝廷大军，打了十八场战役，表现十分突出。等到军队凯旋回到都城的时候，全城的人都出来夹道欢迎保家卫国的英雄们，大家都沉浸在胜利的欢乐当中。

这时，报信的官差急促地敲打着木兰家的房门，后面跟着一大群平日一起作战的弟兄们。他们替木兰高兴，由于木兰立下战功，皇帝要封木兰做尚书令了。可是当房门打开，大家发现木兰已经换下了平时的战袍，换上了平民百姓的布衣。

“怎么？你不做尚书令了吗？做了尚书令，荣华富贵就享不尽了。这是多少人求之不得的啊！”

木兰平静地向官差行礼，说道：“皇上看重木兰，木兰感激不尽。为国家效力本来是木兰的本分，不应该拒绝，但是家中的父母已经年迈，不知道还有多少时间能承欢膝下，请求皇上允许让木兰回家侍奉父母，尽一点孝心。”

木兰平安归乡，也恢复了女儿身，全家终于团聚了。她以一片孝心替父从军的故事也家喻户晓，广为流传。

这个故事出自北朝民歌《木兰诗》。

【博闻馆】

梁红玉巾帼不让须眉

我们经常用“巾帼不让须眉”赞扬女中豪杰，木兰是这样的巾帼英雄，宋朝的另一位女英雄梁红玉也是如此。

梁红玉的父亲和祖父都是武将出身，所以她从小就练就了一身功夫，后来嫁给了抗金名将韩世忠。金军攻破杭州后，韩世忠负责守卫镇江。当时敌众我寡，金军有十万大军，而宋军却只有八千人。胜败难料，韩世忠一筹莫展，梁红玉提出用埋伏的办法击溃敌人，并帮助韩世忠挑选出埋伏的有利地形。第二天，战事开始，梁红玉协助丈夫指挥战斗，在最激烈的时候，还亲自擂鼓助威，宋军士气大增，一举打败了金军，名震华夏。黄天荡一战，金军元气大伤，再也不敢随便过江南入侵中原。

神仙的药方

这个故事发生在南齐的南兰陵地区。一年寒冷的冬天，天还黑着，萧睿明就已经起来了。他劈柴生火，打扫庭院，忙个不停。冬天真冷啊，躲在屋里，常常能听到窗外凛冽的风声，可是萧睿明的额头上反而渗出细细的汗珠。一会儿，太阳出来了，阳光洒在清冷的庭院中，风声却没有停止。躺在床上的母亲睁开眼睛，这时候，萧睿明已经做好了热腾腾的早饭，正端过来准备喂给母亲吃。

看着忙碌的儿子，母亲不禁落下眼泪："如果不是得了病瘫痪在床，我也可以替你分担一些。你父亲去世早，我这一生病，家里的生计就全让你承担了，还得照顾我，早晚都不能休息。"

萧睿明脸上却没有丝毫哀戚的神情："母亲千万不要这么想，能伺候母亲，是睿明的本分，也是睿明的福气。况且母亲一个人养育睿明长大，不知道吃了多少苦，现在睿明做的这些，又算得了什么呢？母亲就不要再操心家里的生计了，都交给睿明吧，您只管宽心养病就好。"

安顿好母亲，萧睿明走出房间，外面天寒地冻，可是他却完全没有感觉到。他心里想：只可惜，这么多年来，为了能治好母亲的病，虽然我求医问药，试过了所有能想到的方法，可母亲的病还是不见好。难道真的没有办法了吗？

自从母亲得病的那一天起，萧睿明每天都不停地向上天祷告，没有一天停止。他祈求神明，让母亲的病快些好。不管是白天还是夜里，不管是在干活还是在休息，萧睿明的心中只想着一件事情，那就是让母亲的病痛减轻，让母亲恢复健康。

天黑了，萧睿明服侍母亲睡下。母亲为了不让萧睿明着急，很少诉说疾病的痛苦，但是一个常年卧病在床的人所经受的痛苦，细心而孝顺的萧睿明全都看在眼中，更急在心里。不仅仅病痛折磨母亲，行动不自由也让母亲十分难受。在走出母亲房间的时候，萧睿明听到了母亲轻轻的叹息声，他十分心痛，真恨不得自己代替母亲生病啊！

萧睿明走到院子里，在一片夜色中，他再一次跪在地上，虔诚地祷告："母亲日日饱受疾病的折磨，睿明坐卧不安，可是求医问药，母亲的病都不见好，睿明实在是没有办法了，只能向老天祈求，只要能让母亲减轻病痛，让睿明做出什么牺牲都可以！"

泪水顺着萧睿明的脸颊滑下，他十分悲伤，一边哭泣祷告，一边叩头，头磕破了，额头上都流出血来，但他仍然不停止。在这严冬的深夜，他不知道哭了多久，也不知道叩了多少次头。似乎是老天怜悯这个孝顺的孩子，不想让他再流泪、流血了，他忽然感到脸上和额头上一阵清凉，一摸才知道，原来他的眼泪结成了冰，不再流淌了；额头上的血，也凝固成了冰，不再流了。

这时萧睿明忽然听到有人敲门，开门一看，一个面目慈祥、仙风道骨的老者手捧一个石头凿成的盒子站在门外。老人把这个盒子交给萧睿明，对他说道："这个盒子里的东西，可以治好你母亲的病。”

萧睿明急忙跪下，双手接过了盒子，刚想要问个究竟。可一抬头，老人不见了，只剩下盒子在手中。

萧睿明赶快拿着盒子给母亲看，打开之后，里面只有三寸长的一块绢布，上面写着“日月”两个字。萧睿明用火将绢布焚化之后给母亲服下，他惊奇地发现，母亲的病马上痊愈了，所有的病痛也都消失了。

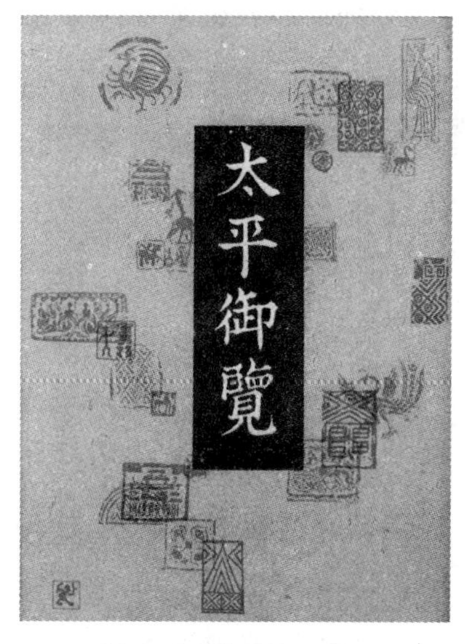

《太平御览》，是中国宋代一部著名的类书（采集群书加以编排的一种工具书），是北宋李昉、李穆、徐铉等学者奉皇帝的命令编纂的，上面记载了萧睿明得神函的故事。

他试着扶母亲下床，在床上躺了这么多年之后，母亲的双脚终于再一次稳稳地站在了地上。萧睿明小心地松开手，发现母亲的行动就像没有生病时一样自如。母子俩激动得相拥而泣，然后他们双双跪下，感谢神明。

这个故事出自《太平御览》。

【博闻馆】

周公祈祷感动周成王

萧睿明的祈祷感动了上天，使母亲的病得以痊愈。在周朝，也有一个关于祈祷的故事，这个故事发生在周公身上。

有一次，周武王生病了，病情非常严重。他的弟弟周公忧心忡忡，于是向三代先王祷告，希望周武王能够痊愈。并且在先王面前许下诺言，如果周武王注定因病而死，就让自己代替周武王死，好让武王继续做周朝国君，福泽万民。祈祷完毕之后，周公就把祈祷用的简书封存在一个盒子里。后来，周武王的病痊愈了。

若干年后，周武王去世了，他的儿子继位，就是周成王。因为当时周成王年龄很小，所以由周公辅佐他，替他处理国政。周成王长大之后，有人在成王面前说周公的坏话，使周成王对周公起了疑心，周公被迫离开了。

一次偶然的机会，周成王看到周公为周武王祈祷的简书。他发现周公为了周武王的病能够痊愈，甚至愿意牺牲自己的性命，十分感动。想到自己还在猜忌周公，惭愧得掉下了眼泪。于是，成王急忙把周公请了回来。

朱寿昌弃官寻母

“你现在的仕途十分顺利，将来说不定能做更大的官，你真的要把官位放弃吗?”家里人听到朱寿昌辞官的决定，十分惊讶，纷纷劝阻，“这么好的官职，为什么要放弃呢?”

而此时的朱寿昌已经下定了决心，面对大家的阻拦，他仍然十分坚定地点点头。

为什么朱寿昌一定要辞官呢？原来，朱寿昌的生母是他父亲的小妾，当年他的生母遭到嫡母的妒忌，在朱寿昌七岁的时候，被嫡母逼着改嫁他人。从此，母亲就杳无音讯，母子两个再也没有见过面。

“这些年我到各地做官，每到一处地方，都会尽力寻找母亲，可是到现在，母亲还是没有半点音信。七岁的时候，母亲就和我分别，这么多年来，对于母亲的养育之恩都不能报答，我心里常常感到愧疚不安。虽然我现在仕途顺利、衣食无忧，可是想到天下之人都有母亲，可以承欢膝下，而我却不能奉养母亲，就算是大富大贵，又有什么用呢?”

妻子劝告他：“即使你想找到母亲，同样可以一边做官一边找啊。”

朱寿昌摇摇头：“现在我已经五十岁了，不知道还剩下多少时日能寻找母亲了。不能再这样一年一年拖下去了，找不到母亲，我哪有什么心思来做官呢？现在只有辞去官职，全心全力寻找，无论最后能否找到，我都不会有遗憾了。”

妻子儿女看到朱寿昌这么坚定，就不再阻拦，反而决定支持他：“这次你出去，要到哪里去找呢？”

“之前得到一点音信，说不定母亲会在秦地，我决定去那儿找找看。”

辞去了官职，经过简单的准备，朱寿昌马上就上路了。全家人都出门为他送行，妻子叮嘱他：“在外面多保重，家中的事情不要担心，老天保佑，这次你一定能找到母亲的。”

朱寿昌望着妻儿：“我不是狠心离开家，只是我剩下的侍奉母亲的时间已经不多了。如果连母亲都不能侍奉，我岂不是丧失了做人的本分？找不到母亲，每天我都会生活在愧疚和担忧之中。这次去寻母，我发誓，找不到就不回来！”

寻母心切的朱寿昌一刻也不敢耽搁，一路上历尽千辛万苦，来到秦地。每天天不亮，朱寿昌就启程赶路，往往到了深夜，才拖着疲惫的身躯回到住处。每到一个新地方，他都费尽周折多方打听，但是时间一天一天过去了，母亲还是没有找到，朱寿昌心急如焚。

朱孝子像

很多当地人都劝告朱寿昌说：“不要白费功夫了，和母亲已经失散这么多年了，怎么可能找得到呢？还是回去好好做你的官吧！”可是他依然坚决而执著，从来没有放弃希望。

一天，朱寿昌寻母到了同州地区，他向当地人打听，当年是否有一位刘姓女子嫁到本地。没想到，朱寿昌的母亲真的就在同州！自从嫁到同州，朱寿昌的母亲也在时时刻刻思念着儿子，母子两人再次相见，抱在一起，痛哭流涕。这时的母亲，已经七十多岁了，后嫁的丈夫也已经去世，正和两个儿子生活在一起。

朱寿昌立刻请求母亲跟随自己回家享受天伦之乐。母亲虽然愿意跟朱寿昌回去，可是依然面露难色。朱寿昌想，母亲一定是牵挂两个同母异父的弟弟。他跪在母亲面前，诚恳地请求：“母亲不必担心，这次不仅请母亲跟我回去，两个弟弟也请一起回去。这样，我们全家人就可以团聚了。”母亲欣然同意，朱寿昌欢天喜地把母亲接回了家。

朱寿昌弃官寻母的事情，一时间流传开来。实际上，朱寿昌的仕途并没有结束，后来朱寿昌再次被朝廷任用，并且做了大官。

这个故事出自《宋史·朱寿昌传》。

【博闻馆】

朱寿昌巧审替罪人

朱寿昌对父母十分孝顺，是出名的大孝子。同时，在做官期间，他也展现出了他的政治才能。

曾经有一个人叫雍子良，横行霸道，屡屡犯下杀人的罪行。但是他仗着家里有钱有势，贿赂当地的一个同乡，让同乡替他入狱。目光敏锐的朱寿昌早就了解了这件事情。可是如果替罪人不承认，一口咬定自己是雍子良，事情就难办了。不光他要白白送死，真正的雍子良还会逍遥法外。

朱寿昌于是决定利用替罪人心理上的弱点，让替罪人自己供出事情的真相。他把那个囚犯带来，审问道："我听说雍子良给你十万钱，向你许诺娶你的女儿，并且让你的儿子做女婿，所以你才来代替他入狱，有没有这件事呢？"

囚犯慌忙否认，但是朱寿昌看到囚犯的脸色变了，他趁机说道："你要是死了，如果雍子良扣下你的女儿做婢女，也不让你的儿子做女婿，你又能怎么样呢？"

这时，囚犯一下子明白了，他掩面大哭，说道："我差一点就白白断送了性命啊！"然后把实情一五一十告诉了朱寿昌。朱寿昌最后依法处决了雍子良，一时大快人心。

谢小娥杀盗报父仇

谢小娥站在船头上向远处望去，只见江面在阳光的照耀下波光闪闪，不时还有一阵阵清风迎面吹来，她的心情好极了：这一次外出行商，父亲将满船的货物都卖了出去，又赚了不少钱，这样我就能买下那支贵重的玉簪了。

她越想越高兴，转身想要走入船舱休息，就在这时候，一声惨叫从船尾传来。谢小娥吃了一惊，想看看到底发生了什么事，还没抬起脚，接连又有几声惨叫传来，还伴有刀剑相交的声音。一定是强盗登上船抢劫财物了，谢小娥心想，但她已经害怕得不知如何是好。她的父亲从船舱中跌跌撞撞地跑出来，浑身带着血，身后跟着十几个拿刀的蒙面大汉。父亲对谢小娥大喊："快逃！快逃！"话音未落，就被一个强盗赶上，一刀砍死了。为首的一个强盗对谢小娥说："我看你长得不错，不如跟了我吧，哈哈。"谢小娥吓得夺路而逃，慌乱中，碰伤了胸，扭折了脚，不过终于跳入水中，逃得一命。

谢小娥在水中昏了过去，幸好被江面上的船救起。后来她一路乞讨，流浪到上元县，在一座尼姑庵中住下来。谢小娥时常会想起父亲，想起父亲的养育之恩，可如今却再也没有机会报答了。每当想到这里，她就不禁落下泪来，不顾自己只是个女子，决心要为父亲报仇。一天晚上她梦到父亲对她说，杀死他的人是“车中猴，门东草；禾中走，一日夫”。谢小娥百思不得其解，到处寻找博学多才的人求解，一年多后终于遇到高人帮她解开了这个谜，谜底实际上就是：申兰、申春。

此后，谢小娥开始在江湖中流浪，她女扮男装，一心寻找仇人。这样又过了好些年，她吃了许多苦，有时候甚至一连几天都吃不上饭，可一想到父亲，就又有了动力。后来，谢小娥到一户人家去打短工，打算挣一些钱再去寻找仇人，没想到那户人家的主人竟然就是仇人申兰。

谢小娥忍住悲伤，不露声色，在申兰的家中既顺从又能干。时间一长，申兰很信任她，让她管理家中的财物，也没觉察出她是女子。起初，谢小娥担心认错了人，但当她听出申兰的声音与当初船上强盗的声音一样，又在他家中发现了许多船上的财物时，她认定这就是仇人，并开始筹划如何报仇。过了一阵子，申兰还把每次抢来的财物都分给谢小娥一些，对她没有丝毫防备，她趁机记下了所有强盗的名字。申春是申兰的堂兄弟，一天，二人抢劫回来，买了酒菜，打算好好庆祝一下。谢小娥心想：报仇的机会终于来了。

申兰和申春喝了不少酒，最后醉得头昏眼花，申春坚持不住，先回卧室睡着了，而申兰独自又喝了一会儿，也醉倒在地。谢小娥看着倒在地上的申兰，拔出尖刀，咬着牙瞪了他好久，想要砍下他的头。可是她毕竟是个女子，不免胆怯，只是想起父亲，她便怒气上涌，鼓足勇气，低吼一声，将申兰一刀毙命。杀死了申兰，谢小娥又将申春锁在屋中，叫来周围邻居帮忙。邻居们本来不知道这二人是强盗，等到搜出了大堆赃物后，才相信了谢小娥的话。他们把事情上报官府，官府按照谢小娥提供的强盗名单挨个捉拿，将所有强盗一举擒获。

谢小娥不仅报了父仇，还帮助知府除掉了一伙无恶不作的强盗。知府听说她不过是个柔弱的女子，却有这样的决心和胆识，为父报仇不惜历尽千辛万苦，就把她的事迹记录下来以表彰她的孝心。谢小娥报仇以后，再也没什么可牵挂的了，于是削发为尼。

这个故事出自于唐代传奇小说。

【博闻馆】

唐代的传奇小说

传奇是唐宋时期的一种小说体裁，是从魏晋南北朝时期的志怪小说演变而来的。唐代的传奇小说文辞华美，故事情节曲折婉转，具有很高的艺术价值。

唐代传奇的开山之作是《古镜记》，描写了一面上古神镜的故事。故事的主人公王度得到了这面神镜，用它镇邪降妖，先后照出了变化为人的狐妖和怪蛇。后来王度的弟弟王绩外出游山玩水，向哥哥借了这面神镜，又发生了许多神奇的故事。这篇传奇小说的内容十分丰富，由几个小故事连接而成，是志怪小说向传奇的过渡阶段。《任氏传》是唐代传奇中的著名篇章。任氏本由一只狐妖所化，姿容秀美，郑六一见到她就倾心不已，即使后来知道任氏为妖也不嫌弃。任氏不仅貌美，而且贤惠，拒绝了轻薄少年的追求，一心帮助郑六出人头地，后来被猛犬追杀而死，使郑六伤心后悔不

民国二十三年（1934）出版的鲁迅校录的《唐宋传奇集》。前人编订的唐宋传奇小说出现了很多混乱，鲁迅“发意匡正”，选取了一些脍炙人口的名篇，编订出8卷45篇的《唐宋传奇集》，成为一部经典之作。

已。此外，著名的唐代传奇小说还有《柳毅传》《李娃传》《霍小玉传》《南柯太守传》《莺莺传》《聂隐娘传》《虬髯客传》等等，都有独特的艺术魅力。许多传奇被后人不断改编演绎，如《莺莺传》就被元代王实甫改编成了著名杂剧《西厢记》，对后世产生了深远的影响。

徐积避石

宋朝的时候，有个叫徐积的名士。在他三岁时，父亲就死了，那时候他好像已经非常懂事了，他不停地叫着父亲，心中十分悲切。母亲为了让他平静下来，便拿出《孝经》让他朗读，读到悲痛处，他更加放肆地哭了起来，一哭就停不下来了。

徐积侍奉母亲非常恭敬和谨慎。如果没有什么大事，他总是陪伴在母亲左右。有一天，一个官员来拜访他，他急急忙忙地穿好官服，戴好官帽要去见这个官员，这时候，他突然想到：我每天见那么多官员，都要穿上整洁隆重的官服、戴好官帽。这是对他们的尊敬，但是我每天早上和晚上也要拜见母亲，为什么就不能穿上官服，戴上官帽，以示恭敬呢？我真是不孝啊。

于是，在每天早晚拜见母亲的时候，徐积都要恭恭敬敬地穿上官服，戴上官帽，向母亲问安。一天，母亲正好在别人家里，他也前去问安，那家人看到徐积穿着官服、戴着官帽的样子，以为他来会见官员或者上朝奏事呢。看到徐积只是来向母亲问安，他们都嘲笑徐积，说他尽孝的举动太死板了。可徐积不为所动，他仍然坚持自己的这种做法，母亲在外十天，他每天都穿着官服前去问安。他还把这种做法当作尽孝的日常行为准则，一直到老都恪守着。他说：“别人越是嘲笑我，我越是要这样做，孝顺母亲就应该从这些小事做起啊！”

徐积要进京考取功名，他不忍心让母亲一个人呆在家里，于是他带着自己的母亲一起进京赶考。不久，徐积高中进士。此时的他已经二十多岁了，但还没有娶妻，很多人便来向他提亲，可是他说：“我若是娶了一个不贤惠的妻子，会让母亲生气的。”

因为徐积的父亲名字里有一个“石”字，所以徐积从来不用石头做的器具。而且走路的时候，遇到石头铺的路，他也不会去踩踏。有人就问他，你为了尊重自己的父亲来避

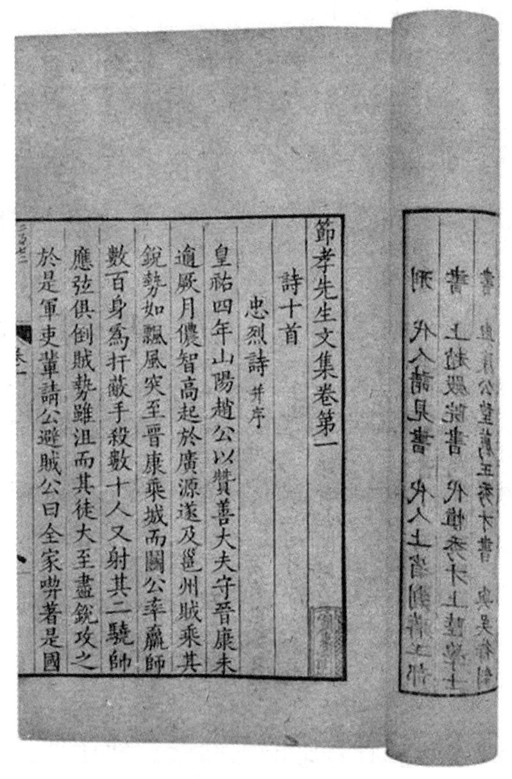

節孝先生文集卷第一
詩十首
忠烈詩 并序
皇祐四年山陽趙公以贊善大夫守晉康未
逾厥月儂智高起於廣源遂及邕州賊乘其
銳勢如飄風突至晉康乘城而鬪公率羸師
數百身爲扞蔽手殺數十人又射其二驍帥
應弦俱倒賊勢雖沮而其徒大至盡銳攻之
於是軍吏輩請公避賊公曰全家喫著是國

宋·山阳徐积撰《节孝先生集三十卷·语录一卷》（清康熙六十年锡山王邦仿宋精刻本）

讳一些东西，是很让人敬佩的，可是要避讳所有与“石”相关的东西就很难了，比如这石头路，若这里只有这一条石头路，你怎么办呢？徐积回答说：“我一看到它们，我就伤心，因为想起我的父亲，所以不忍心用脚踩在上面了，不是我故意避讳啊。”

徐积到中年的时候，他的耳朵突然聋了。为了能尽孝道，听清母亲的吩咐，他叫下人用笔在纸上写好母亲的吩咐，然后自己照着去做。

母亲去世的时候，徐积不吃不喝，悲痛了七天，最终因为悲痛过度，吐出血来。在守孝三年的时间里，他每天都披麻戴孝，睡在母亲的墓旁边。他经常在冬天大雪纷飞的夜晚，伏在母亲的墓旁边大声痛哭，悲痛之声响彻四野。当他的一个朋友来看他的时候，听到他的哭声，便感叹说：“天下能有这样的哀痛之声，即使是神明听到了，也会不禁流下泪水。”

这个故事出自《宋史·徐积传》。

【博闻馆】

徐积聋了之后

徐积中年的时候，耳朵得了一种病，因医治无效，耳朵就聋了。虽然听不到别人说话，可徐积仍和正常人一样，谈论天下大事，无所不知，无所不晓。一个客人从南方来，徐积和他讨论南方的山川地势、战略要地，甚至军事防守的策略。徐积谈得手舞足蹈，就好像他去过南方。那客人见他耳朵虽然聋了，但是却对天下大事了若指掌，不禁感叹道：“不出门半步，却知道天下大事的人很少，徐公您算是一个啊！”

黄庭坚的“例行公事”

黄庭坚，是北宋著名诗人、词人、书法家，由于深得皇上信任，历任朝廷和地方多项官职。多年来，不管公务多么繁忙，他在家里始终有一件“例行公事”。

这一天，当黄庭坚回到家的时候，已经很晚了，家里静悄悄的，老仆人给他开了门。最近朝廷的公务非常繁忙，黄庭坚每天在案牍之间操劳，每次老仆人给他开门的时候，都能看出他脸上疲惫的神色，他的脚步也比平常沉重许多。

老仆人为他点上灯笼，当他们穿过庭院，走近黄庭坚母亲房间的时候，黄庭坚沉重的脚步就变得轻轻的，他害怕吵醒正在休息的母亲。母亲年龄已经大了，加上大半辈子为家庭操劳，现在身体状况并不好，有时还睡不好觉。尽管公务缠身，每天回到家，他还是要看看母亲，看看她是否一切安好。

黄庭坚轻轻推门，走进母亲的房间，看到母亲睡得很沉，他这才放心。然后黄庭坚弯下腰，在母亲的床下找到便盆，端着便盆又轻轻地走了出去。

由于母亲行动不便，不能自己如厕，所以便盆一直放在床下。而每天黄庭坚回家之后，都会把母亲的便盆清洗干净之后才去休息。这时候，侍奉黄庭坚的老仆走过来，想要替他清洗，他说：“大人，今天您已经很累了，这样的事情交给我来做就可以了，您快去休息吧。”

黄庭坚却说：“我们主仆多年，这么些年，只要是母亲的事情，你看哪一件事不是我亲自来做的？你们虽然能尽心尽力去做，但终究不能把我的母亲当做自己亲生母亲来侍奉。我怎么可以因为家里有仆人，就把做儿子的责任推脱掉呢？”

老仆人见黄庭坚十分认真地洗刷便盆，心中不忍，便说：“今天已经这么晚了，况且您白天处理公务，已经非常疲惫。纵然是尽孝心，也不必天天坚持，偶尔做一下，也算是尽孝了。”

黄庭坚听后，停下手里的活儿，转过身来，认真地对老仆人说：“母亲已经老了，而我也一大把年纪了。我还有多少时间，能陪伴在母亲身边，为母亲尽孝呢？天下最遗憾的事，莫过于‘子欲养而亲不待’。到时候就是想要为父母做事，也不可能了。我现在还有一点时间，能多照顾父母，怎么可以因为公务繁忙而不尽本分呢？”

黄庭坚就这样坚持着为母亲清洗便盆，一丝不苟。照料母亲的其他事情，更是做得无微不至。全家上上下下无不被黄庭坚的这份孝心感动，并以他为榜样，争相效仿。洗便盆虽然只是一件小事，但在这件小事中，可以看到黄庭坚美好的品德。

这个故事出自《二十四孝》。

【博闻馆】

书法界的“宋四家”

“宋四家”指的是苏轼、黄庭坚、米芾、蔡襄四人。虽然是同一个时期的书法家，但是他们的书法却各有特色。

苏轼的书法给人第一眼的感受是丰满、圆润，字体的结构比较扁平，笔画十分舒展，看似朴素、平实，而重点在于“写意”。他的书法作品当中，用笔有轻有重，所以会有一种大小错落的美感。

黄庭坚最擅长的是行书和草书。他的大字行书凝练有力，结构奇特，几乎每一个字都有一些夸张的笔画，形成了一种崭新的字体结构方法，对后世有很大影响。

而米芾对书法要求“稳不俗、险不怪、老不枯、润不肥”，也就是在灵活的变化中追求美感。在章法上，他重视整体的效果，并且兼顾细节的完美，在书写过程中随机应变。

蔡襄最喜欢写的，还是规规矩矩的楷书。他的书法看上去敦厚端庄，生前就被人推崇到很高的地位。当时，他的作品从当朝皇上到普通百姓，都十分珍爱。

史彦斌寻棺

史彦斌，元朝人，从小就有贤德与孝行。

史彦斌的母亲去世的那一年，天降大雨，黄河水暴涨，形成水患。黄河中下游沿岸，大部分村庄和水田被淹没，河面上漂满了杂物，时常可以看到一些牲畜漂流而下，有时，还能看见毁坏的棺木。就在离史彦斌家不远的金乡和鱼台，很多坟墓都被大水冲坏了，这让逝去的人不得安息，也让活着的人痛心不已。史彦斌看到这种情况，他担心将来还会有这样的水患。于是，他选择了一个地势较高的地方，买了一副厚棺木，在棺木上钉了四个大铁环，又在棺木上刻上“邳州沙河店史彦斌母柩”的字样，以便将来遭遇水患，棺木万一遗失，易于寻找和辨认。

这样做好了充分的准备，然后将母亲入葬。第二年，果然黄河又有水患，而且比去年的水患还要严重，大片的土地被淹没，洪水所到之处，满目疮痍。天灾不可免，史彦斌母亲的灵柩在这次水患中不知道被冲到了什么地方。但史彦斌相信，棺木还是完好的。因为他曾在上面钉了四个大铁环，而且上面刻着字，很好辨认，所以他决定去寻找母亲的灵柩，让母亲得以安息。

那时洪水尚未消退，他先是沿着黄河堤岸向下游走，仔细查看河岸边的淤积物。他还向河岸边的村庄打听有没有人看到母亲的灵柩，人们都说，发大水的时候，河面上满是杂物，已经辨认不出什么东西了。史彦斌就这样找了半个月，但一无所获。这时洪水已经消退了很多，于是他就找了一条船，漂流而下，走一会就停下来，继续查看河边的淤积物。有时他还要上岸去离河岸很远的地方查看，因为水患把那些地方都淹了，也有很多的淤积物，但仍然一无所获。

连日寻找却一无所获，让史彦斌伤心欲绝。母亲不得安息，儿子有何面目存活于世。他呆呆地坐在船头，看着浑浊的河水，忽然看到一个漩涡，他真想纵身跃入漩涡。这时他又看到漩涡旁边有一些稻草打着回旋，任凭那漩涡怎样旋转，也无法将那些稻草吞没。看着这一场景，史彦斌想到了一个办法。他把那些稻草打捞起来，扎缚成草人的样子，然后把它扔进水里，仰天大呼："苍天可鉴，母亲的灵柩被大水冲走，不知道现在何处，只愿苍天可怜我的寻母之心，现在我将这草人扔入江中，希望这草人能带我寻到母亲的灵柩！"说完，眼泪滂沱而下。随后，他继续划船，跟着这个草人四处飘荡，又找了十来天，行走了大约三百里，草人终于在一片桑树林中停了下来。史彦斌赶紧在这片桑树林中寻找，果然，母亲的灵柩就在这片桑树林中。棺木上那四个铁环赫然可见，那段镌刻的文字虽然模糊但仍然可识。于是，史彦斌得以将母亲的灵柩载回去，重新安葬。

这个故事出自《元史·史彦斌传》。

【博闻馆】

元朝的黄河水患治理

曾为治理黄河做出贡献的郭守敬

黄河是中华民族的母亲河，她孕育和滋养了中华民族，但同时也给百姓带来了无穷灾难。历史上，黄河曾多次泛滥。到了元代，据史书记载："黄河决溢，千里蒙害，浸城郭，飘室庐，坏禾稼，百姓已其毒。"沿河甚至出现了百姓背井离乡、卖儿卖女的悲惨局面。元朝官员对黄河水患的治理十分重视。元代历史上著名的水利学家——郭守敬，就曾主持修建过治理黄河的水利工程。后来，有一个叫贾鲁的人奉朝廷之命治理黄河，采用疏、浚、塞并举的科学方法，使黄河水患得到极大治理。他的科学方法也广为后人称赞和借鉴。

李忠避震

元大德七年（1303 年）八月的一天夜晚，在一座叫郇（xún）保山的地方，突发大地震。顿时，地动山摇，山中的动物四处惊慌逃窜。地震波及之处，山下的房屋顷刻间坍塌，很快被夷为平地。废墟中，除了很多被压死的村民，还能听到伤者的呼喊。但是，灾难还没结束。突然，郇保山的山头被震落，径直向山下滚来，被这山头滚过的生灵无一幸免，房屋无一完好。可是，当这山头滚至一个名叫李忠的人家的时候，这山头忽然分成两半，从两侧绕过李忠家的房屋后，又合在一起，继续向前滚落。就这样，李忠的家在这次灾难中得以幸免。

剪纸：李忠避震

这是一个奇迹吗？地震过后，地震灾区一片狼藉，人畜死伤不计其数。然而，当滚落的山头碰到李忠家的时候，却能绕道而过，让李忠家得以保全，这是为什么呢？只是因为，李忠是一个至孝之人。

在李忠很小的时候，父亲就去世了，他和母亲相依为命。父亲去世之后，李忠的母亲又开始扮演起父亲的角色。她不仅像男人一样外出耕田务农，维持生计，还在家里纺纱织布，教育孩子，尽量让孩子感受到一个正常家庭的温暖。母亲坚忍和勤俭的生活作风，李忠从小就耳濡目染，并牢记于心。等到小李忠懂事的时候，他就开始帮母亲分担家务，操劳活计，凭着自己弱小的臂膀分担着母亲的重担。不仅如此，小李忠还学会了照顾和体贴母亲，这让母亲心里倍感欣慰。

看到母亲外出劳作归来，他会上前帮母亲揉肩捶背；晚上睡觉之前，他会恭恭敬敬地端着一盆温水，帮母亲温水洗脚，主动帮母亲暖好被子；一个人在家的时候，他会学着烧火做饭，挑水劈柴，打理家务；到了农忙时节，常会看到他小小的身影忙碌在田间地头。李忠就在这样忙碌而艰辛的生活中长大，这样的生活让他养成了不怕吃苦、勤劳节俭的生活作风。

当然，最让人敬佩的，还是李忠对母亲的孝心。他时时刻刻都记着母亲把他养大、教育成人的艰辛。在他心里，他的母亲是世界上最伟大的母亲。母亲从来不抱怨什么，父亲去世，生活窘迫，她也只是默默地承受着这一切。小李忠把这一切都看在眼里，他总会想尽办法帮母亲分忧解难，甚至在母亲不高兴的时候故意逗母亲开心；他会把家里最好的东西献给母亲，他得到什么好吃的、好喝的东西都会先让母亲吃，让母亲喝。

小李忠勤奋吃苦、孝顺母亲的事迹传遍了全村，村里人都深受感动，他们经常伸出援手帮助小李忠。他们把小李忠作为榜样，教育自己的子女。他们还以至孝的小李忠作为全村的荣耀。

那场大地震，把所有的房屋都震坏了，唯独李忠家的房屋得以保全。这充分说明了行孝行善之人在面对灾难的时候，会受到上苍的眷顾和保护。

这个故事出自《二十四孝》。

【博闻馆】

天道无亲，常与善人

《道德经》上说："天道无亲，常与善人。"意思是说，老天爷是无所谓有情或者无情的，但是它常常会帮助善良的人。百善孝为先，李忠以纯孝之心侍奉母亲，所以他又是至善之人，故能感动上苍，化解灾难。《易经》上还说："积善之家，必有余庆。"行善积德之人，不仅自己能遇难呈祥，逢凶化吉，还能福泽子孙。

包实夫拜虎

明朝的包实夫，是一个读书人，他饱读诗书，通达五经，明白很多做人的道理，特别是对父母非常孝顺。他当时在太常（主管礼仪的机关）里教书，每年过年的时候都会回家探望父母。

在一次回家的途中，他遇到一只老虎。那只老虎一见他就衔住他的衣服往山林中跑去，到了林中的一块空地上，才把包实夫放下来。它蹲坐下来，咆哮两声，然后看着包实夫，准备好好享用。惊魂未定的包实夫这才明白过来，自己已经命悬一线，只是他还惦记着家里的父母，还未能尽孝，想到这，他便有些伤心。包实夫是一个读书人，他明白“万事万物皆有情”的道理，虎毒尚且不食子，而自己是回去看望父母，即使是一只老虎，也会成全自己的。

包实夫于是整理好衣冠，向前作揖，边拜边说道：“你是要吃我吗？如果是的话，这就是命运的安排，我没法阻止。”

老虎站起身来，咆哮一声，在包实夫身边来来回回地走着，似乎还点着头表示赞同。

包实夫看着老虎的动作，他知道老虎明白了他的意思，老虎也能听懂人话。于是，他接着说道：“但是，我的父母还在家里等着我，他们已是七十多岁的高龄了，能不能容我回去尽完孝养父母的责任？如果我那时还活在世上的话，我一定回来让你吃。”

听完这话，那只老虎变得急躁起来了，它抬头仰天咆哮着。这时，不知道从什么地方，突然跑出几只幼虎来，它们似乎刚生下不久，步履还有些蹒跚，对周围的事物还有些陌生，它们一看见这只大老虎，便向它奔来。它们一边玩耍着，一边发出稚嫩的咆哮声，还不时地用尚未发育完全的牙齿咬着大老虎的脚。这只大老虎的眼睛里闪烁着慈爱的眼神，它不停地用舌头舔着自己的孩子。凶猛的老虎一下就变得温顺起来了。

包实夫现在完全明白了，是因为这只老虎的孩子肚子饿了，情急之下，它才把自己衔到这里来的。吃他也许并不是老虎的本意。

包实夫上前一步，继续作揖，拜道：“虎兄，不用着急，古有‘割股奉君’（说的是古时候有一个贤臣，跟随国君流亡国外，在遇到饥荒饿肚子的时候，他从自己的大腿上割了一块肉，同野菜煮成汤，献给国君吃）的佳话，今天你的孩子肚子饿了，如果你能容我回去奉养双亲，我宁愿留下一条手臂给你的孩子充饥。日后，我若还苟活于世，留得残躯，尽你享用！”

这时的包实夫，就像一个即将上战场的士兵，抱着必死之心，却又不忘家里年迈的父母。不过，他最后还是决定，在死之前一定先要尽完孝养父母的责任。他心里还抱着一丝希望，这老虎既然明白生养孩子，肯定也明白奉养双亲。

没料到，等包实夫说完这番话，那只老虎便带着小老虎离开了。看来，这只老虎的确通人性，包实夫的至诚至孝之

石刻：包实夫拜虎

心，使凶猛的老虎都变得温顺了。后来，在包实夫拜老虎的地方，人们把它叫做“拜虎岗”，关于包实夫拜虎的故事一直流传至今。

这个故事出自《明史·孝义一》。

【博闻馆】

老虎的“孝心”

所谓“有感必有应”，一个人的孝心不仅可以感化他人，在人世间树立道德的榜样，还可以感化虫鱼鸟兽，甚至草木花果等一切有情和无情之物。人性中的孝意，可以让老虎这样的凶残之物感服于心，变得温顺，所谓“孝感动天”，就是此意。